Bertolt Brecht

Die Dreigroschenoper

von Hans-Georg Schede

Schroedel Interpretationen Band 39

westermann GRUPPE

Druck A 3 / Jahr 2016

Redaktion: Dr. Oliver Pfohlmann und Dr. Hans-Georg Schede
Reihentypografie: Thomas Schröder, Braunschweig
Satz: Ira Petersohn, Ellerbek
Repro und Druck: Westermann Druck Zwickau GmbH
Titelbild: Michael Kind als Tiger-Brown und Campino als Macheath am 8. August 2006 bei einer Probe zur »Dreigroschenoper« im Berliner Admiralspalast in der Regie von Klaus Maria Brandauer.
Foto: © ullstein bild – XAMAX

ISBN 978-3-507-47738-4

Einführung

Entstanden ist die *Dreigroschenoper* von Bertolt Brecht, Elisabeth Hauptmann und Kurt Weill als Gelegenheitswerk. Unter Zeitdruck fertiggestellt, wurde die kleine Auftrags- und Nebenarbeit ein Welterfolg, Brechts größter Theatererfolg überhaupt. Ihre lebendige Wirkung hält bis heute an, wie zahlreiche Neuinszenierungen auch in jüngster Zeit beweisen.

Um den gewaltigen Erfolg zu erklären, haben Brecht und nach ihm viele Brecht-Forscher dem Werk eine Bedeutung zugeschrieben, die den Blick auf seine besonderen Qualitäten eher verstellt. In diesem Band wird daher die These vertreten, dass man dem Stück nicht nützt, indem man es bedeutsamer macht, als es ist. Seine Komik ist nicht immer subtil, seine Gesellschaftsanalyse sicherlich nicht tiefschürfend. Es enthält aber eine ganze Reihe von wahren Kabinettstücken, wie exemplarisch anhand einer ausführlichen Analyse und Interpretation des Songs »Die Seeräuber-Jenny« gezeigt wird. Darüber hinaus vermittelt es wie kaum ein anderes literarisches Werk das desillusioniert-zynische, vergnügungssüchtige Lebensgefühl der späten 1920er-Jahre. Diese Vorzüge stehen im Zentrum der vorliegenden Darstellung.

Erheblichen, vielleicht sogar entscheidenden Anteil am Erfolg der *Dreigroschenoper* hat die zeitlose, auch nach 80 Jahren noch faszinierende Musik von Kurt Weill. Sie lässt sich im Rahmen einer nicht-musikwissenschaftlichen Darstellung kaum angemessen würdigen. Bildhafte Umschreibungen ihrer Qualitäten helfen selten weiter. Daher bleibt die Musik in diesem Band nahezu ganz ausgeklammert. Man sollte die *Dreigroschenoper* aber unbedingt nicht nur lesen, sondern auch hören. Unter den Gesamtaufnahmen aus der Nachkriegszeit ist die CBS-Produktion aus dem Jahr 1958 – mit Lotte Lenya – besonders hervorzuheben.

Mit seiner frechen Mischung von Anspruch und Unterhaltung ist *Die Dreigroschenoper* ein klassisches Werk der Theatergeschichte des 20. Jahrhunderts, dem sich vielleicht nur Leonard Bernsteins *West Side Story* zur Seite stellen lässt, die amerikanische Musical-Neufassung von Shakespeares *Romeo and Juliet* (1957; Idee, Buch, Songtexte: Jerome Robbins, Arthur Laurents, Stephen Sondheim).

»Die Moritat von Mackie Messer«, die berühmte Eingangsnummer der *Dreigroschenoper,* existiert in unzähligen Versionen, etwa von Bertolt Brecht selbst, von Louis Armstrong, Ella Fitzgerald, Duke Ellington, Bing Crosby, Frank Sinatra, dem Jazzgeiger Stéphane Grappelli, Udo Lindenberg, Helge Schneider, Max Raabe, Sting und Robbie Williams, um nur einige der bekanntesten Interpreten zu nennen. Auch daran zeigt sich die anhaltende Popularität des Werks.

Im vorliegenden Band wird *Die Dreigroschenoper* in der für die »Schroedel Interpretationen« gewohnten Weise erschlossen. Die Darstellung beginnt mit einer Schilderung der biographischen und zeitgeschichtlichen Bezüge sowie der Entstehungsgeschichte des Werks. Nach der Inhaltsangabe folgen Abschnitte zur Form, zu den Figuren und zum Gehalt. Dieser wird anschließend anhand zweier exemplarischer Interpretationen noch weiter ausgelotet. Den Abschluss bilden Kapitel zur literaturgeschichtlichen Einordnung und zur Rezeption des Stücks sowie eine Auswahlbibliographie.

Textgrundlage ist die Ausgabe der *Dreigroschenoper* in der »edition suhrkamp« (43. Auflage 2012). Aus ihr wird durch einfache Nennung von Szene und Seitenzahl zitiert. Alle anderen Nachweise erfolgen mithilfe von Kürzeln, die in der Auswahlbibliographie aufgeschlüsselt sind.

I Biographische und zeitgeschichtliche Einflüsse

1 Biographischer Zusammenhang

Vermutlich im Sommer 1927 ließ der neunundzwanzigjährige Bertolt Brecht in seiner Heimatstadt Augsburg im Hofatelier Konrad Reßlers, wo er schon als Kleinkind (mit weißem Kleidchen, Strohhut und Spielzeug) fotografiert worden war, eine Serie von 32 Porträts anfertigen, die lange unbekannt blieben, den Zweiten Weltkrieg jedoch unbeschadet überstanden und knapp sechzig Jahre nach ihrer Entstehung bei einer Sichtung des Archivs entdeckt wurden (vgl.: *Bertolt Brecht beim Photographen. Porträtstudien von Konrad Reßler.* Herausgegeben von Michael Koetzle. Siegen: Verlag Affholderbach & Strohmann 1987). Sie sind inzwischen Teil der Porträtsammlung des Münchner Stadtmuseums (das alle 32 Aufnahmen ins Netz gestellt hat) und finden sich auf vielen Umschlägen neuerer Bücher über Brecht. Brecht posiert in dieser Fotoserie mit dickem Zigarrenstumpen und einem weit geschnittenen dunklen Ledermantel, unter dem eine Lederweste, ein weißes Hemd und eine schmale Lederkrawatte sichtbar sind. Das Gesicht ist rasiert, die Haare sind kurz. Die runde Drahtbrille fehlt. Auf zwei Bildern hält Brecht ein aufgeschlagenes Buch in der Hand, in das er hineinsieht beziehungsweise aus dem er vorzulesen scheint. Auf drei weiteren Bildern ist er mit Notizbuch und Stift zu sehen. Doch diese Aufnahmen mit Attributen seines Dichtertums sind deutlich in der Minderzahl. Brecht möchte nicht als sensibler Dichter gesehen werden. Er vermeidet alles, was noch eine Generation vor ihm zur äußeren Erscheinung eines Künstlers zu gehören schien: der empfindsame Ausdruck, das gepflegt wallende

Haar, die mit ›künstlerischem Geschmack‹ zusammengestellte Garderobe, wie sie auf Jugendporträts von Paul Heyse, dem Literaturnobelpreisträger von 1910, oder Arthur Schnitzler zu bewundern sind. Brecht möchte nicht empfindsam wirken. Er sucht Posen von provozierender Lässigkeit. Wenn er lächelt, lächelt er mit amüsiertem, zynischem Ausdruck. Er präsentiert sich als harter Bursche. Er posiert im Rollenfach des Gangsters, des Zuhälters.

Diese Selbstdarstellung war nicht so provozierend, wie sie auf den ersten Blick wirken mochte. Sie entsprach dem Klima einer desillusionierten Zeit. Gerade zehn Jahre waren seit den Materialschlachten und Gasangriffen des Ersten Weltkriegs vergangen. Vor nicht einmal fünf Jahren hatte die Hyperinflation die Ersparnisse der Menschen vernichtet. Nächtliche Schießereien gehörten in einer Großstadt wie Berlin seit Jahren zum Alltag. Die Kriminalität war hoch, die Zukunftsaussichten waren ungewiss. Wer allerdings schlau und gerissen war, konnte schnell nach oben kommen. Wer dagegen nur den vergangenen Zeiten hinterhertrauerte, durfte sich nicht beklagen, wenn er am Ende als Verlierer dastand.

Der ungeheure Erfolg der *Dreigroschenoper* hat mit dieser allgemeinen Stimmungslage zu tun: »Erst kommt das Fressen, dann kommt die Moral«, wie es im »Zweite[n] Dreigroschen-Finale« heißt (S. 69 und 70). Das war auf die armen Leute gemünzt, konnte aber ebenso gut den Krisengewinnlern als Rechtfertigung ihrer rücksichtslosen Profitgier dienen.

Das Stück zeigt die Skrupellosigkeit der kriminellen Geschäftemacher Macheath und Peachum und stellt ihre Doppelmoral bloß. Zugleich aber wird Macheath als attraktiv schillernde Figur und Peachum als mit allen Wassern gewaschener Schlaufuchs präsentiert. Am Ende wird Macheath begnadigt und mit Wohltaten überhäuft. Die gut situierten Zuschauer im Parkett nahmen es erfreut zur Kenntnis.

Der neunundzwanzigjährige Bertolt Brecht (1898 bis 1956) im Atelier des Augsburger Fotografen Konrad Reßler (1875 bis 1960).

Bertolt Brecht, der als Eugen Berthold Friedrich Brecht am 10. Februar 1898 zur Welt kam und in seiner Kindheit immer Eugen gerufen wurde, entstammte einem bürgerlichen Elternhaus. Sein Vater war in der Papierfabrik Haindl tätig, in der er 1900 zum Prokuristen aufstieg und die er ab 1914 als Direktor leitete. Brechts gut zwei Jahre jüngerer Bruder Walter trat 1926 als Betriebsleiter in die Fabrik ein und war ab 1931 Professor für Papierfabrikation an der Technischen Hochschule in Darmstadt, wo er bis zu seiner Emeritierung (1971) lehrte.

Dass der ältere Sohn andere Ziele verfolgte, zeichnete sich schon während seiner Schulzeit ab. 1913 gründete er mit Freunden eine Schülerzeitung, *Die Ernte*, und schuf sich damit nicht nur ein erstes Publikationsorgan, sondern versammelte erstmals auch einen Kreis von Beiträgern und Zulieferern um sich. Diese gemeinschaftliche Arbeitsweise behielt er lebenslang bei.

Brechts Existenz als Mittelpunkt einer künstlerisch ambitionierten Clique von Jugendlichen wurde auch dadurch begünstigt, dass er bereits 1910 in eine Mansarde ausquartiert wurde, nachdem für seine an Brustkrebs leidende Mutter eine Hausdame eingestellt worden war. Das Wohnzimmer dieser Mansardenbehausung, die über einen eigenen Eingang verfügte, gestaltete Brecht in eine Art Künstleratelier um, in dem er seine Freunde empfing. Der wichtigste dieser Freunde war Brechts Klassenkamerad Caspar Neher (1897–1962), genannt ›Cas‹, der in den Jahren der Weimarer Republik (und später im ›Dritten Reich‹) zu einem der gefragtesten Bühnenbildner der deutschen Theaterszene wurde und auch an vielen Produktionen Brechts unmittelbar beteiligt war. Die Clique erwarb sich bei den Augsburger Bürgern bald einen üblen Ruf, sorgte aber durchaus auch für gute Unterhaltung, wenn etwa Brecht in ›Gablers Taverne‹ eigene und fremde Lieder vortrug, wobei er sich selbst auf der Gitarre begleitete. Brecht begann »herausfordernd, frech, ironisch und vor allem stets selbstbewusst« (Knopf 2006, S. 16) zu formulieren. Der ›Brecht-Ton‹ bildete sich heraus.

Dieser Ton war nicht von Anfang an da. Den Ausbruch des Ersten Weltkriegs im August 1914 hatte der sechzehnjährige Schüler zunächst genutzt, um in lokalen Zeitungen patriotische Kriegsgedichte zu lancieren. Aber unter dem Eindruck des fortdauernden Kriegs und ermutigt durch die Bestätigung seiner Freunde begann er mit der Zeit, zynischer, derber, provozierender, blasphemischer zu schreiben.

Die Eltern ließen ihn gewähren. Er genoss viele Freiheiten, auch im Umgang mit dem anderen Geschlecht. Ab 1916 bahnte sich eine Beziehung zu Paula Banholzer (1901–1989) an, der Tochter eines Augsburger Arztes, die Brecht ›Bi‹ oder ›Bittersüß‹ nannte. Die Schulzeit beendete er 1917 mit dem in Kriegszeiten üblichen ›Notabitur‹. Im Oktober zog er nach München, wo er sich an der Ludwig-Maximilians-Universität als Medizinstudent immatrikulierte. Regelmäßig besuchte er aber vor allem die Theaterseminare des Literatur- und Theaterwissenschaftlers Artur Kutscher (1878–1960). Vom Kriegsdienst blieb er aufgrund eines Herzleidens verschont, das ihn seit seiner Kindheit von der Ausübung von Sport und anderen körperlich belastenden Aktivitäten ausschloss. Bis zum Tod der Mutter im Frühjahr 1920 pendelte er zwischen München und Augsburg hin und her.

Inzwischen war Paula von Brecht schwanger geworden. Er machte ihr einen Heiratsantrag, der aber am Widerstand ihrer Eltern scheiterte. Paula wurde aufs Land, nach Kimratshofen im Allgäu, geschickt, wo sie am 30. Juli 1919 den Sohn Frank gebar. Während seines ersten Lebensjahrs blieb sie bei ihm auf dem Land. Anschließend wurde Frank zu einer Pflegefamilie gegeben. Ab 1924 wuchs er bei Verwandten von Helene Weigel, Brechts damaliger Geliebten und späterer zweiter Frau, auf, bevor seine Mutter ihn 1935 wieder zu sich nahm. Er kam im November 1943 als Angehöriger der Deutschen Wehrmacht bei einem Sprengstoffattentat auf das Wehrmachtskino im russischen Porchow ums Leben.

Ab Ende 1920, noch während er weiterhin mit Paula Banholzer zusammen war, knüpfte Brecht ein Verhältnis mit der Schauspielerin und Sängerin Marianne Zoff (1893–1984) an, die damals am Augsburger Stadttheater engagiert war. Sie war mit einem wohlhabenden Münchner Kaufmann liiert, was die Sache zusätzlich verkomplizierte. Dennoch kam es im November 1922 zur Heirat, nachdem Marianne schwanger geworden war. Am 12. März 1923 brachte sie Brechts zweites Kind, die Tochter Hanne, zur Welt. Diese wuchs bei ihrer Mutter und deren zweitem Ehemann auf, dem Schauspieler Theo Lingen, den die Mutter 1928 heiratete, nachdem ihre Ehe mit Brecht im Jahr zuvor geschieden worden war. 1948 heiratete Hanne den Berliner Arzt Joachim Hiob und wurde unter ihrem neuen Namen Hanne Hiob eine bekannte Schauspielerin. Sie starb 2009 in ihrer Geburtsstadt München.

Kurz nach Hannes Geburt, im August 1923, begann Brecht in Berlin eine Beziehung mit der österreichischen Schauspielerin Helene Weigel (1900–1971), deren familiärer Hintergrund dem seinen in mancher Hinsicht glich. (Ihr Vater war Prokurist und später Direktor einer Wiener Textilfirma.) Am 3. November 1924 brachte sie Brechts drittes Kind, den Sohn Stefan, zur Welt. Ein zweites Kind aus dieser Verbindung, die Tochter Barbara, folgte am 28. Oktober 1930.

Mit 26 Jahren war Brecht ein interessanter junger Autor, der dabei war, sich einen Namen zu machen, aber noch kaum Geld verdiente. Er hatte drei Kinder von drei verschiedenen Frauen und führte selbst eine provisorische Existenz. Anfang 1922, während seines zweiten Berlinaufenthalts, wurde er auf Veranlassung von Hedda Kuhn – die er im Oktober 1917 in München im Theaterseminar von Artur Kutscher kennengelernt hatte – wegen starker Unterernährung mehrere Wochen lang auf der Krankenstation ihres Verlobten in der Berliner Charité behandelt. Noch um 1926 vermerkte er in seinem Notizbuch, unersättlich sei er nur in sexueller Hinsicht: »Die Wollust wäre das einzige, aber die Pausen sind so lang, die sie braucht!« Noch stärker als die Gier nach Frauen war allenfalls die Gier nach intellektueller Überlegenheit: »Ein Jahr vögeln oder ein Jahr denken! […] Für einen starken Gedanken würde ich jedes Weib opfern, beinahe jedes Weib.« (Zitiert nach Hecht 1978, S. 66)

Brechts Schriftstellerkarriere begann in München und nahm nach der Übersiedlung nach Berlin im September 1924 Fahrt auf. Mit 20 Jahren, im Frühjahr 1918, schrieb er die erste Fassung seines Stücks *Baal,* das den Konflikt des ganz dem Selbstgenuss in einem ausschweifenden Leben hingegebenen Künstlers mit der Gesellschaft behandelt. Am Ende stirbt der Dichter Baal einsam. 1919 entstand eine zweite Fassung (die von der Forschung als die verbindliche angesehen wird), 1922 eine Bühnenfassung für die Uraufführung im Dezember 1923 und 1955 eine letzte, vierte Fassung. Diese Werkgeschichte ist für den offenen Experimentiercharakter von Brechts dramatischer Produktion bezeichnend. Der Name der Titelfigur spielt auf den altsyrischen Wetter- und Fruchtbarkeitsgott Baal an, der vom Christentum zu einem bösen Dämon stilisiert wurde; in Augsburg lebte jedoch auch ein Lyriker Johann Baal, »der als verkrachtes Genie durch die [...] Kneipen zog« (Knopf 2006, S. 77). Brecht nutzte die Namensgleichheit, um die Sphäre des Mythischen und Dichterischen mit dem harten Realismus der banalen Alltagswelt kurzzuschließen. Dieses Doppelgesicht weisen viele seiner Werke auf.

Brechts zweites Bühnenwerk ist das Kriegsheimkehrerstück *Trommeln in der Nacht,* eine Milieustudie der politisch aufgeregten Umbruchzeit nach der Auflösung des Kaiserreichs. Die Uraufführung im September 1922 an den Münchner Kammerspielen wurde ein Sensationserfolg. Herbert Ihering, der einflussreiche Theaterkritiker des *Berliner Börsen-Couriers,* schrieb am 5. Oktober, der »vierundzwanzigjährige Dichter Bert Brecht« habe »über Nacht das dichterische Antlitz Deutschlands verändert«. Mit Brecht sei »ein neuer Ton [...] in der Zeit«. Ihering sorgte dafür, dass Brecht den Kleist-Preis, den damals wichtigsten Literaturpreis, zugesprochen bekam und blieb auch in den Folgejahren sein wichtigster Förderer.

1923 arbeitete Brecht als Dramaturg und Regisseur an den Münchner Kammerspielen. Im Mai wurde im Münchner Residenztheater sein neues Stück *Im Dickicht* (später: *Im Dickicht der Städte*) uraufgeführt. 1924 erhielt er dann für eine Spielzeit einen Vertrag als dramaturgischer Mitarbeiter am Deutschen Theater in Berlin. Kurz nach seinem Umzug lernte er bei einer Freundin, Dora Mannheim, Elisabeth Hauptmann kennen, die kurz darauf seine Mitarbeiterin wurde. Er erreichte, dass der Kiepenheuer Verlag sie ab Anfang Januar 1925 für ein Jahr anstellte, um die geplante Veröffentlichung seiner Stücke *Mann ist Mann* und *Im Dickicht der Städte* sowie seiner ersten Sammlung von Gedichten, *Bertolt Brechts Hauspostille*, redaktionell zu betreuen. Ihr Arbeitsplatz war nicht im Verlag, sondern bei Brecht zu Hause. Dort verbrachte sie von nun an viele Stunden, oft bis spät in die Nacht, gemeinsam mit Brecht, der sie mit Aufgaben überschüttete.

Elisabeth Hauptmann war knapp ein Jahr älter als Brecht und stammte aus der Gegend von Paderborn. Sie kam aus einer gebildeten Arztfamilie, ihre Mutter war in New York aufgewachsen. Nachdem sie 1918 das Lehrerinnenexamen absolviert hatte, unterrichtete sie bis 1922 als Hauslehrerin auf einem Gut im Bezirk Marienwerder, zog dann aber in die Metropole Berlin, wo sie sich mit verschiedenen Jobs, vor allem als Sekretärin und Übersetzerin (aus dem Englischen), über Wasser hielt und ihre schriftstellerischen Ambitionen voranzutreiben versuchte. Diese konnte sie nun in der Zusammenarbeit mit Brecht einerseits in unverhofftem Maße ausleben; andererseits floss ihre Arbeitskraft und Kreativität zwischen 1925 und 1933, als es zu einem vorübergehenden Bruch kam, fast ganz in das Werk Brechts ein. Dieser eignete sich ihren Beitrag mit großer Selbstverständlichkeit an und schrieb ihr in einem in jenen Jahren entstandenen – titellosen – Gedicht ›ins Stammbuch‹: »[...] Frage nicht nach deinem Anteil am Essen / [...] / Betrachte nicht immer / Deine paar Narben! / [...] / Auf dich wurden Lasten gelegt, die man / Nur auf die sichersten Schultern legt. / Du wurdest übersehen wie das Nächstliegende. / Von dir wurde erwartet / Die beson-

Elisabeth Hauptmann (1897 bis 1973) mit Bertolt Brecht in dessen Dachwohnung in der Spichernstraße 16. Aufnahme der Berliner Fotoagentur Zander & Labisch aus dem Jahr 1927.

dere Einsicht. / [...] So essen am letzten die, denen das Werk am nächsten steht: die Köche. / [...]« (GBA, Band 13, S. 364 f.).

Als der Vertrag mit dem Kiepenheuer Verlag nach einem Jahr auslief, blieb die inzwischen etablierte Arbeitsgemeinschaft von Brecht und Hauptmann bestehen. Brechts Gegenleistung bestand in unregelmäßigen bescheidenen Zuwendungen. Zeitlebens gab er sich den Anschein, nahezu mittellos zu sein, weil er nur ungern die materiellen Früchte seines schriftstellerischen Erfolgs teilte. Es kann kein Zweifel bestehen, dass Brecht, der ab etwa 1927 sozialistische Ideen vertrat und in seinen Lehrstücken Selbstlosigkeit und Aufopferung für die Gemeinschaft propagierte, privat ein Ausbeuter war und Menschen, insbesondere Frauen, nicht nur durch seinen Intellekt faszinierte, sondern auch durch seine Bedürftigkeit – vor allem auch seine unersättliche sexuelle Bedürftigkeit – emotional an sich band. Während der ersten Exiljahre in

Skandinavien lebte er im Grunde mit drei Frauen, seiner Ehefrau Helene Weigel und seinen beiden Geliebten Ruth Berlau und Margarete Steffin, von denen zumindest die letztere eine unentbehrliche Mitarbeiterin wurde. Sie war tuberkulosekrank und starb 1941 im Alter von 33 Jahren. Nach ihrem Tod hat Brecht, abgesehen vom *Kaukasischen Kreidekreis,* kein bedeutendes Werk mehr geschrieben.

Wer sich mit Brechts Leben und Werk beschäftigt, dem stellt sich irgendwann unweigerlich die Frage, was denn in diesem Werk von Brecht selbst stammt und was von seinen Mitarbeiterinnen. Der amerikanische Brecht-Forscher John Fuegi vertritt in seiner umfangreichen Biographie *Brecht and Company: Sex, Politics, and the Making of the Modern Drama* (1994) die Auffassung, dass der Anteil vor allem Elisabeth Hauptmanns und Margarete Steffins an Brechts Werk kaum überschätzt werden kann. Das Buch bietet allerdings durch ein Übermaß an Spekulationen und suggestiven Formulierungen, aber auch zahlreiche sachliche Fehler, große Angriffsflächen. 1997 ist es in einer erweiterten und berichtigten Fassung des Übersetzers Sebastian Wohlfeil unter dem Titel *Brecht & Co.* auf Deutsch erschienen. Später sind weitere, neutralere Wissenschaftler und Wissenschaftlerinnen zu ähnlichen Schlussfolgerungen gekommen (vgl. etwa das Buch *Brechts Frauen* von Hiltrud Häntzschel, das 2002 im Rowohlt Verlag erschienen ist). Für die *Dreigroschenoper* ist der schwierige Einblick in Brechts Arbeitswerkstatt insofern von Bedeutung, als hier in besonderer Weise die Frage nach Elisabeth Hauptmanns Anteil im Raum steht und strittig ist. Die zwischen 1988 und 1998 erschienene *Große kommentierte Berliner und Frankfurter Ausgabe* der Werke Brechts (30 Bände in 32 Teilen) ist in diesem Punkt keine Hilfe. Sie weist die unverkennbare Tendenz auf, die Leistung von Brechts Helferinnen herunterzuspielen, während Brecht selbst diese in den ersten Ausgaben seiner Stücke zumindest jeweils als Mitarbeiterinnen genannt hat, auch wenn er sie nicht oder kaum an den finanziellen Erträgen der Werke beteiligte. Wenn die *Dreigroschenoper* in diesem Band als ein Werk von Bertolt Brecht behandelt wird, so geschieht das unter dem ausdrücklichen Hinweis auf Elisabeth Hauptmanns Miturheberschaft. Wie weit diese geht, ist unklar. Klar ist nur, dass es ohne Elisabeth Hauptmann keine *Dreigroschenoper* geben würde (vgl. S. 29f. dieses Bands).

Brechts Leben ist, wenn auch nicht in allen Phasen, so doch in seiner Summe eine glänzende Erfolgsgeschichte. Aber diese Erfolgsgeschichte hatte ihren Preis. Wohin man auch blickt in Brechts nächstem Umfeld, blickt man auf beschädigte, tief verletzte Existenzen. Das ist eine traurige Bilanz. Und auch Brecht selbst, der in seinen letzten Lebensjahren nach seiner Rückkehr nach (Ost-)Berlin (1949) als Regisseur seiner eigenen Stücke endgültig Weltruhm erlangte (und weitere Verhältnisse mit jungen Schauspielerinnen des von seiner Frau geleiteten ›Berliner Ensembles‹ einging), bietet in seinem nie nachlassenden Egozentrismus für den Betrachter keinen schönen Anblick. Er starb am 14. August 1956 an einem Herzinfarkt.

Ich bin ein Dreck. / Das will keiner gern vor sich selber eingestehen. [...] Es ist aber so schwer, kein Dreck zu sein, wenn man nur die Wahl hat zwischen: gar nichts sein oder ein Dreck sein. [...] Ich bin ein bißchen traurig, daß ich mich nicht mehr gern habe. Aber keiner ist zu mir gut. Warum soll ich zu mir gut sein? Für wen? [...] Natürlich hat er keine Schuld. Er hat mir immer gesagt, er hat das Gewissen eines Eisklumpens. / Hört sich ganz gut an, wenn man zusammen liegt und lacht.

Aus einem der letzten Texte Grete Steffins vor ihrem Tod , zitiert nach: Hiltrud Häntzschel: Brechts Frauen. Rowohlt Verlag 2002, S. 222.

---

2 Zeitgeschichtlicher Hintergrund

13 Millionen Männer, ein Fünftel der Reichsbevölkerung von 1914, waren in den Kriegsjahren zwischen August 1914 und November 1918 als Soldaten eingezogen worden. Wiederum ein knappes Fünftel dieser 13 Millionen kehrte nicht nach Hause zurück. Zu den 2,4 Millionen Toten kamen 2,7 Millionen Dauerinvalide mit deutlich verkürzter Lebenserwartung sowie 4,8 Millionen Verwundete (Angaben nach Wehler, S. 232). Mithin blieben nur gut 3 Millionen der eingezogenen Männer unversehrt. Deutschland hatte nicht, wie lange Zeit von der Führung versprochen und vom Volk geglaubt, gesiegt, sondern nach einem zermürbenden Stellungskrieg kapitulieren müssen. An die Stelle des Kaiserreichs trat die erste deutsche Republik, die von keiner der wichtigen sozialen Klassen vorbehaltlos unterstützt wurde. Sie trug die Last der Kapitulationserklärung und des »Schmachfriedens« von Versailles, in dem Deutschland große Gebietsverluste und gewaltige Reparationszahlungen auferlegt worden waren. Die Jahre zwischen 1918 und 1924 waren Jahre beständiger wirtschaftlicher und politischer Krisen. Tödliche Gewalt, die die Zivilbevölkerung während der Kriegsjahre nur aus den Zeitungen gekannt hatte, wurde zur alltäglichen Erfahrung. Schießereien waren in Berlin an der Tagesordnung. Die Ermordung prominenter Politiker – Rosa Luxemburgs, Karl Liebknechts, Kurt Eisners im Winter 1919 oder des deutschen Außenministers Walther Rathenau 1922 – wurde von der Bevölkerung, je nach politischer Gesinnung, mit grimmiger Zufriedenheit oder abgestumpfter Gleichgültigkeit aufgenommen.

Die junge Generation hatte den Krieg als fernes Abenteuer erlebt, wie der Publizist Sebastian Haffner (1907–1999) in seinen Erinnerungen *Geschichte eines Deutschen* (2000) erzählt. Sie hatte die Heeresberichte mit dem fieberhaften Interesse des passionierten Sportanhängers verschlungen und nicht daran gezweifelt, dass sich die gemeldeten großen Erfolge und kleinen Rückschläge letztlich zu einem Gesamtsieg aufaddieren würden. Mit der Kapitulation brach diese Phantasiewelt in sich zusammen. Übrig blieb der trübe Alltag der glanzlosen Nachkriegsjahre, die den Jungen wenig Perspektiven boten; denn trotz der Kriegstoten und -versehrten hatten die geburtenstarken Jahrgänge 1900 bis 1910 schlechte Chancen auf dem Arbeitsmarkt, der »wegen der Nachkriegsbelastungen [...], der Konjunkturschwankungen und der Weltmarktveränderungen« nur begrenzt aufnahmefähig war. Die Weimarer Republik musste auf die Jungen als »ein abweisendes, sprödes, unzugängliches, ja feindliches System« wirken (Wehler, S. 236). Der Werdegang Brechts in den Nachkriegsjahren spiegelt diese allgemeine Lage. Er war selbstbewusst und umtriebig genug, um überall im Kulturbetrieb Kontakte anzuknüpfen. Aber auch er brauchte recht lange, um tatsächlich Fuß zu fassen und nennenswerte Einkünfte zu erzielen. Entsprechend ist die Anonymität und Kälte der Großstädte, das ungesichert Provisorische der eigenen Existenz auch für den jungen Brecht ein permanentes Thema.

Die Verteilungskämpfe, bei denen die Jungen zunächst in der Regel den Kürzeren zogen, verschärften den ohnehin starken Generationenkonflikt dieser Zeit. Die Abwesenheit eines großen Teils der Vätergeneration während der Kriegsjahre hatte zu einem Autoritätsverlust der Alten geführt. Die Jungen hatten sich angewöhnt, zu tun, was sie wollten, ohne lang um Erlaubnis zu fragen. »Städtische ›Gangs‹, die sogenannten ›Wilden Cliquen‹, schockierten ihre Umwelt durch provozierende Regelverletzung« (Wehler, S. 236). Die von Brecht dominierte Augsburger Clique lässt sich als harmlose und kreative Variante dieser wilden, oft vor Kriminalität nicht zurückscheuenden Peergroups betrachten.

Die Aufwertung der Jugend hatte sich schon vor der Zäsur des Weltkriegs angedeutet. Im Mittelpunkt der ersten Phase der Jugendbewegung, der ›Wandervogel-Ära‹, hatten lebensreformerische Impulse gestanden. Nun, nach dem Krieg, formierte sich die ›Bündische Jugend‹, in der Weltanschauliches dominierte. Das in den Jahren der Weimarer Republik kontinuierlich wachsende Gewicht der Parteien am rechten und linken Rand des politischen Spektrums – also vor allem der NSDAP und der KPD – hängt eng mit der politischen Radikalisierung vieler junger Leute zusammen, die auch ein Protest gegen die Vertreter der Vätergeneration war, die die Geschicke der Republik lenkten.

Solche scharfe Ablehnung der Alten durch die Jungen gab es auch im kulturellen Bereich. Der junge Brecht tat sich hier besonders hervor. So versäumte er keine Gelegenheit, den traditionellen Theaterbetrieb mit ätzender Kritik zu überziehen. Dieser wurde aber auch in den Feuilletons der bürgerlichen Zeitungen geschmäht, die damit der allgemeinen Tendenz der Zeit folgten, dem Hergebrachten die Gefolgschaft zu verweigern. Die gezielte Frechheit, mit der Brecht die etablierten Größen seiner Zunft attackierte, vor allem aber Thomas Mann (1875–1955), den er sich zu seinem Lieblingsgegner erkoren hatte, entsprang dem Kalkül, durch Provokation und Skandal Aufmerksamkeit auf sich zu lenken und sich durch Respektlosigkeit Respekt zu verschaffen.

Dem Drang der Jugend, sich von der Vätergeneration abzusetzen, diente auch das in Teilen der neuen Jugendkultur »extrem positiv besetzte[ ] Leitbild des ›Amerikanismus‹ « (Wehler, S. 236). Zum ersten Mal drang in breitem Umfang die junge amerikanische Massenkultur in das bis dahin eher behäbige kulturelle Leben deutscher Großstädte ein. Jazzrhythmen und rasante, körperbetonte Tänze vermittelten ein neues Lebensgefühl. Brecht, so sein Biograph Klaus Völker, gehörte damals zu denen, die »alle Hoffnungen auf Amerika« setzten (Völker, S. 110), das Thomas Mann 1919 noch mit starker Abneigung als »ekelhafte Tugend-Demokratie« bezeichnet hatte (Brief vom 29. März an Josef Ponten). Brechts *Im Dickicht der Städte* spielt in – einem allerdings weitgehend fiktiven – Chicago, ebenso wie das zwischen 1929 und 1931 entstandene Stück *Die heilige Johanna der Schlachthöfe*. Amerika ist auch der Schauplatz der in den Jahren 1927 bis 1929 entstandenen Oper *Aufstieg und Fall der Stadt Mahagonny*, der ersten Zusammenarbeit Brechts mit dem jungen Komponisten Kurt Weill (1900 bis 1950); und das »Radiolehrstück« *Der Ozeanflug* (UA im Juli 1929 in Baden-Baden) handelt vom erfolgreichen Atlantikflug des amerikanischen Nationalhelden Charles Lindbergh (1902 bis 1974) im Mai 1927. (Ironischerweise war es dann später Thomas Mann, der sich im Exil zum überzeugten Amerikaner wandelte, während Brechts Jahre in den USA zwischen 1941 und 1947 den unglücklichsten und erfolglosesten Abschnitt seines Lebens und seiner Karriere darstellen.)

Die Dauerkrise der ersten Phase der Weimarer Republik kulminierte in der Hyperinflation des Jahres 1923. Sie war eine Folge der Finanzierung des Weltkriegs durch Kriegsanleihen, vor allem aber der massiven Ausweitung der Geldmenge durch den Staat in der Nachkriegszeit, um den Zahlungsverpflichtungen an die Siegermächte nachkommen zu können. Sebastian Haffner deutete das kollektive Erlebnis der Hyperinflation als Schlüsselerfahrung des deutschen Volks. »Wer ein Sparkonto [...] besaß, sah es über Nacht verschwinden. Bald machte es nichts aus, ob es sich um einen Spargroschen oder ein Großvermögen handelte. Alles wurde ausgelöscht.« (Haffner, S. 57) Aber es gab, und das war nicht weniger verstörend, auch Gewinner der allgemeinen Krise. Den »Jungen, Flinken« ging es gut. »Es war eine Lage, in der Geistesträgheit und Verlaß auf frühere Erfahrung mit Hunger und Tod bestraft, aber Impulshandeln [...] mit plötzlichem ungeheurem Reichtum belohnt wurde.« Dass der Taumel nicht von Dauer sein würde, war auch den Krisengewinnlern bewusst. Da das Geld jeweils nur wenige Stunden seinen Wert behielt, stürzten sie sich in ein hektisches Vergnügungsleben. »Zahllose Bars und Nachtklubs sprangen plötzlich auf.« Im Zuge der allgemeinen Entwertung aller Werte nahm auch die Liebe »einen inflationären Charakter« an. »Die Jungen, die in jenen Tagen lieben lernten, übersprangen die Romantik und umarmten den Zynismus.« Während die einen feierten, verhungerten die anderen. »Die Bettler häuften sich mit einem Mal; auch die Berichte über Selbstmorde in den Zeitungen, und die ›Gesucht wegen Einbruch‹-Anzeigen der Polizei auf den Litfaßsäulen, denn Raub und Diebstahl fanden überall in großem Maße statt.« (Haffner, S. 58 f.)

Dann, nach Monaten des Taumels, der Not und Demoralisierung, kam im November 1923 die »Rentenmark«; und es kam Gustav Stresemann (1878–1929). Mitten in der Krise, im August 1923, wurde der liberale Politiker Reichskanzler und übernahm auch gleich noch das Außenministerium. Die Kanzlerschaft gab er bald wieder ab, das Außenministerium behielt er bis zu seinem Tod. Mit seinem Namen verbindet sich die mittlere Phase der Geschichte der Weimarer Republik, die »Goldenen Jahre« von 1924 bis 1929, bevor dann die Weltwirtschaftskrise den Niedergang in den Jahren bis Anfang 1933 einläutete.

Blickt man auf die soziale Schichtung der Gesellschaft, so zeigt der Vergleich der statistischen Analysen von Theodor Geiger am Ende der Weimarer Republik (1932) und Werner Sombart am Vorabend des Ersten Weltkriegs (1913) eine viel größere Kontinuität, als es dem subjektiven Gefühl der Zeitgenossen sowie der öffentlichen Wahrnehmung entsprach. Geiger unterschied zum einen zwischen drei Hauptklassen, den Kapitalisten (0,84 Prozent der Erwerbstätigen), dem Mittelstand (24,35 Prozent) und dem Proletariat (74,77 Prozent). Eine differenziertere Gliederung nach Berufstätigkeit und versteuerungspflichtigem Einkommen ergab erneut knapp ein Prozent für die Oberklasse des Wirtschaftsbürgertums, der Unternehmer. Zum »alten Mittelstand« zählte Geiger neben Akademikern (etwa Ärzten und Rechtsanwälten), Kleinunternehmern, Kaufleuten und Handwerksmeistern nun auch die Bauern (insgesamt 18,33 Prozent), während die Staatsbeamten sowie die schnell wachsende Gruppe der Angestellten (Betriebswirte, Ingenieure) den »neuen Mittelstand« bildeten (16,04 Prozent). Die restlichen knapp 65 Prozent der Bevölkerung machte die Arbeiterschaft aus. Bemerkenswert ist, dass Geiger den Adel (1 Prozent) und das Bildungsbürgertum (vor allem Hochschul- und Gymnasialprofessoren: 0,8 Prozent) zwar noch gesondert erfasste, beiden Gruppen aber kein entscheidendes Gewicht mehr zumaß (alle Angaben nach: Wehler, S. 288). Der Adel war, auch wenn er bis zum Ende des Kaiserreichs in den prestigeträchtigen Militärberufen und in den Spitzenpositionen des Staatsdienstes noch dominierte, als gesellschaftliche Klasse schon vor dem Ersten Weltkrieg historisch überlebt. Auch der einstige Nimbus des Bildungsbürgertums war bereits stark erschüttert; infolge von Deutschlands Aufstieg zur Großmacht und der zeitgleichen Phase der Hochindustrialisierung lief materieller Besitz geistigen Werten mehr und mehr den Rang ab.

An diesem Bild änderte sich nach 1918 wenig, auch wenn der Weltkrieg – in vieler Hinsicht vollkommen zu Recht – als große Zäsur empfunden wurde. Der allgemeine Tenor lautete, »daß die ›Bürgerliche Gesellschaft‹ mit all ihren Leitzielen im Ersten Weltkrieg gescheitert sei« (Wehler, S. 308). Auch

Schriftsteller, die sich selbst als Repräsentanten der bürgerlichen Welt und bürgerlicher Kultur verstanden, stimmten – wehmutsvoll – in diesen Abgesang ein. Die Realität jedoch sah anders aus. In ihr behielt das Bürgertum im »Verfassungs- und Kulturleben, in Recht und Wissenschaft, in Lebensführung und Arbeitsethos, mit seinen Verhaltensleitbildern und seinem Normenkatalog [...] seine eigentümliche Ausstrahlungs- und Prägekraft« (Wehler, S. 307). Auch die Arbeiterschaft orientierte sich am bürgerlichen Lebensmodell.

Faktisch dominierte das Bürgerliche, ideologisch hingegen war es geschwächt. Sein zivilisatorisches Selbstverständnis erschien durch den Horror des Kriegs als leere Pose diskreditiert. Sein individualistisches Gepräge geriet in den Verdacht, bloß banaler und rücksichtsloser Egoismus zu sein. So erhielten in den Zwanzigerjahren ideologische Gegenentwürfe breiten Zulauf: Entwürfe »eines sozialistischen Umbaus von Gesellschaft und Politik« rivalisierten »mit dem linkstotalitären Anspruch des Kommunismus« und dem »gegen die Antagonismen der bürgerlichen Klassengesellschaft gerichteten sozialromantischen« Trugbild »der ›Volksgemeinschaft‹ «, das »der Nationalsozialismus aus guten Gründen frühzeitig in sein Propagandareservoir aufnahm« (Wehler, S. 308).

Der Bürgersohn Brecht gehörte zu denen, die die moralische Verwerflichkeit und historische Überlebtheit des Bürgertums am lautesten anprangerten. Solche Anklagen standen jedoch im Widerspruch zu seiner eigenen Lebenspraxis: Seine »bewußt einfache und abgetragen aussehende Kleidung« ließ er sich maßschneidern. Sein Dienstmädchen, Mari Hold, hatte »schon den väterlichen Haushalt in der Bleichstraße besorgt« (Völker, S. 100). 1925 machte er den Führerschein und erwarb einen Gebrauchtwagen. Bald hatte er jedoch die Scherereien mit alten Autos satt. Auf Vermittlung von Elisabeth Hauptmann überließ ihm die Firma Steyr einen fabrikneuen

Wagen. Als Gegenleistung verfasste er das Gedicht *Singende Steyrwagen*: »[…] Mensch, fahre uns!! / Wir fahren dich so ohne Erschütterung / Daß du glaubst, du liegst / In einem Wasser. […]« (GBA, Band 13, S. 392 f.) Während er Materialismus und Korruptheit des Bürgertums geißelte, scheute er sich nicht, selbst ein wenig materialistisch und korrupt zu sein.

Sein besonderer Spott galt der Kultur bürgerlicher Empfindsamkeit, die er durch gezielt vulgäre Tabubrüche – »Ich richte Ihre Aufmerksamkeit darauf, daß Rilkes Ausdruck, wenn er sich mit Gott befaßt, absolut schwul ist.« (GBA, Band 21, S. 158) – ins Lächerliche zog. War es im ausgehenden 19. Jahrhundert noch schick gewesen, seine Gefühlskultur zu verfeinern und sich als Dandy und Ästhet von ›der rohen Masse‹ abzuheben, so war es nun, manche desillusionierende Erfahrung später, schick, sich als Prolet aufzuführen. Nicht mehr die Zugehörigkeit zu einem elitären ästhetischen Zirkel – wie er vor allem im George-Kreis noch fortbestand – war angesagt, sondern Begeisterung für die Vergnügungen der Massen. Als Brecht Anfang 1927 zum Preisrichter in einem von der *Literarischen Welt* veranstalteten Lyrikwettbewerb bestellt wurde, konnte er keiner der über 400 Einsendungen etwas abgewinnen: »Das sind ja wieder diese stillen, feinen, verträumten Menschen, empfindsamer Teil einer verbrauchten Bourgeoisie, mit der ich nichts zu tun haben will!«, erklärte er in seiner Urteilsbegründung. Den Preis verlieh er einem Bekannten, dem Dramaturgen am Schauspiel Essen Hannes Küpper (vgl. S. 27 dieses Bands), für sein in einer Sportzeitschrift abgedrucktes Gedicht über den Rad-Champion Reggie McNamara *He! He! The Iron Man!* (*Kurzer Bericht über 400 [vierhundert] junge Lyriker.* In: *Literarische Welt,* 3. Jahrgang 1927, Nr. 5, S. 1).

Wie alle Welt liebte Brecht das Kino. Außerdem verschlang er (zeitlebens) Kriminalromane. Ein weiteres Massenvergnügen der Zwanzigerjahre, zu dem Brecht sich vorbehaltlos bekannte, war der Besuch von Boxwettkämpfen. Haffner widmet in seiner *Geschichte eines Deutschen* dem »Sportfimmel«, der »Sportkrankheit als Massenerscheinung« (Haffner, S. 73 und 76), die er im Wesentlichen auf die Jahre 1924 bis 1928 datiert, ein eigenes Kapitel. »Boxer und Hundertmeterläufer wurden zu Volkshelden«, die »Sportberichte spielten eine Rolle wie vor zehn Jahren die Heeresberichte, und was damals Gefangenenzahlen und Beuteziffern gewesen waren, das waren jetzt Rekorde und Rennzeiten« (Haffner, S. 73 und 74).

Selbst Sport zu betreiben, war Brecht durch seine Herzschwäche verwehrt. Alle Formen von Breitensport betrachtete er mit Desinteresse und Geringschätzung. Er freundete sich mit dem jungen Bühnenautor Emil Burri (1902–1966) an, der selbst boxte und Paul Samson-Körner (1887–1942), dem deutschen Meister im Schwergewicht, im Ring assistierte. Brecht plante eine Weile, Samson-Körners Biograph zu werden. Fragmente des Projekts erschienen im Vorabdruck. Außerdem schrieb Brecht eine Erzählung *Der Kinnhaken* (1926) und ließ eine Aufnahme machen, in der er, die Hände in den Hosentaschen, versonnen lächelnd nach unten blickt, während Samson-Körners linke Pranke seinen Hinterkopf und Nacken umfasst und die rechte Faust, scheinbar zum Schlag bereit, vor seinem Gesicht schwebt. Das Foto gehört bis heute zu den bekanntesten Bildern von Brecht.

Mehr guten Sport forderte Brecht am 6. Februar 1926 in einem Beitrag für den *Berliner Börsen-Courier*. Unter diesem Stichwort erörterte er in einer Reihe von Artikeln »Möglichkeiten einer aktuellen Theaterpraxis« (Jan Knopf in BHB 4, S. 36). Er argumentierte, die Veranstalter von Sportwettkämpfen hätten es mit »einem interessierten sowie sachkundigen Publikum zu tun« (ebenda), das genau wisse, was es erwarte, und so auch jedes Mal auf seine Kosten komme. Der verkrampften Routine des erstarrten bürgerlichen Theaterbe-

Brecht und sein Anhang: Foto der Berliner Agentur Zander & Labisch mit Paul Samson-Körner am Klavier, Elisabeth Hauptmann an der Schreibmaschine und neben ihr Hannes Küpper.

triebs hielt er die »›Eleganz, Leichtigkeit, Trockenheit‹« (ebenda) des Sports entgegen. Der irisch-britische Dramatiker George Bernard Shaw (1856–1950) habe bewiesen, »daß wirklich wichtigen Erscheinungen gegenüber nur eine *lässige* (schnoddrige) Haltung die richtige ist, da sie allein eine wirkliche Aufmerksamkeit und völlige Konzentration ermöglicht« (*Ovation für Shaw*, in: *Berliner Börsen-Courier* vom 25. Juli 1926).

Dass der Begriff von Kunst als elitärer Liebhaberei der Gebildeten in den Zwanzigerjahren an Strahlkraft verlor und dem Reiz, den die neuen Massenvergnügungen ausübten, immer weniger entgegenzusetzen vermochte, war aber nicht nur die Folge eines Mentalitätswandels, sondern auch die Konsequenz technischer Innovationen. In der Weimarer Republik tauchte »eine neue Medienwelt auf. Rundfunk und Schallplatte, Ton- und Farbfilm erlebten einen steilen Aufstieg«. Diese Medien

»eröffneten Millionen den Zugang zu neuen Freizeitpräferenzen« (Wehler, S. 474). Während konservative Kritiker dieses Aufkommen einer früh schon so bezeichneten »Massenkultur« als Fanal eines allgemeinen kulturellen Niedergangs betrachteten, setzten progressive Beobachter wie der Soziologe Siegfried Kracauer (1889–1966) darauf, dass die neu aufkommenden Massenmedien »gegen die Vorherrschaft ›der sogenannten Bildungsschichten‹ [...] ein demokratischeres, aufgeklärteres Publikum schaffen könnten« (Wehler, S. 474). Brecht teilte solche Ansichten.

Um 1910 gab es in Deutschland knapp 500 Kinos. 1915 waren es bereits 3700. »Theaterregisseure, Bühnenschauspieler und Schriftsteller begannen, die Möglichkeiten des neuen Mediums zu entdecken«. Nach dem Ersten Weltkrieg »erlebte die junge deutsche Filmwirtschaft [...] einen steilen Aufstieg zu internationaler Bedeutung« (Wehler, S. 480).

Die Ära des Rundfunks begann im Herbst 1923. Ende 1924 gab es in Deutschland eine halbe Million Hörer. Bis 1929 steigerte sich die Zahl auf drei Millionen und bald, nachdem die Empfangsqualität durch vielfältige technische Neuerungen immer besser geworden war, stieg »das Radio mit Netzanschluß [...] zum dauerhaften Konsumgut eines jeden Haushalts« auf (Wehler, S. 483). Das Programm bestand in diesen Jahren, nicht viel anders als heute, aus Musik, Berichten (oft zu im weiteren Sinne kulturellen Themen), Reportagen und Hörspielen, bei denen bezeichnenderweise aktuelle Stoffe bald den Werken der Klassiker den Rang abliefen.

Brechts Hauptinteresse galt dem Theaterbetrieb, für den er durch innovative Darbietungsformen ein neues Publikum zu gewinnen hoffte. Er bezog aber auch die technischen Massenmedien von Anfang an in seine schriftstellerische Produktion mit ein und nutzte sie nicht zuletzt zur Steigerung seiner öffentlichen Präsenz.

3 Entstehungsgeschichte

Im Winter 1927/28 übersetzte Elisabeth Hauptmann John Gays *Beggar's Opera* (1728) ins Deutsche. Sie war durch die englische Presse auf das Werk aufmerksam geworden. *The Beggar's Opera* war 1920 wiederentdeckt worden und wurde in London seither mit großem Erfolg gespielt. Brecht zeigte sich zunächst wenig interessiert, den Stoff aufzugreifen. Er beschäftigte sich zu dieser Zeit mit zwei Stücken, einem über die »Spekulation mit Weizen an der Börse von Chicago und ihre Auswirkungen auf die Lebensbedingungen der Massen in der Großstadt« (BHB 1, S. 147) und einem über »die Erfahrung des ersten Weltkriegs aus der Perspektive der krisengeschüttelten Weimarer Republik« (BHB 1, S. 167). Beide Stücke, *Jae Fleischhacker in Chikago* und *Fatzer*, blieben Fragment.

Wohl im März 1928 wurde Brecht dann von dem Schauspieler Ernst Josef Aufricht (1898–1971) angesprochen, ob er nicht ein neues Stück für ihn habe. Aufricht, der Sohn eines Holzgroßhändlers, hatte vor Kurzem das seit 1892 bestehende ›Theater am Schiffbauerdamm‹ gepachtet und suchte nun nach einem passenden Stück für die Neueröffnung des Hauses unter seiner Direktion, die am 31. August 1928, seinem 30. Geburtstag, stattfinden sollte. Brecht bot ihm eine Bearbeitung der von Elisabeth Hauptmann übersetzten *Beggar's Opera* an. Aufricht ging auf den Vorschlag ein. Weniger begeistert war er anfangs von Brechts Idee, auch die Musik erneuern zu lassen und damit den jungen avantgardistischen Komponisten Kurt Weill zu beauftragen. (Die ursprüngliche Musik zur *Beggar's Opera* stammte von Johann Christoph Pepusch, der, 1667 in Berlin geboren, von 1704 an bis zu seinem Tod im Jahre 1752 in London und Oxford gewirkt hatte.) Brecht und Weill hatten sich ein Jahr zuvor »im Rahmen ihrer Rundfunkarbeiten« (BHB 1, S. 178) kennengelernt. Brecht hatte Weill erlaubt, die *Mahagonnygesänge* aus *Bertolt Brechts Hauspostille* (Propyläen Verlag, Berlin 1927) zu einem ›Songspiel‹ zusammenzustellen und zu komponieren. Daraus ergab sich die Zusammenarbeit an der dreiaktigen Oper *Aufstieg und Fall der Stadt Mahagonny*, die 1929 gedruckt vorlag und im März 1930 im Neuen Theater Leipzig uraufgeführt wurde.

Nachdem Aufricht seine Bedenken gegen Weill fallen gelassen hatte, erarbeiteten Brecht und Hauptmann bis Anfang Mai 1928 eine erste Fassung. Als mögliche Titel waren ›Gesindel‹, ›Die Luden-Oper‹ und ›Die Mörder sind unter uns‹ im Gespräch. Die Übersetzung Hauptmanns, die dieser Erstfassung zugrunde lag, ist nicht erhalten geblieben. Ende April begann Kurt Weill mit der Komposition. Die Arbeit an der *Mahagonny*-Oper stellte er einstweilen zurück. Am 26. April schlossen Brecht und Weill mit dem traditionsreichen Berliner Theaterverlag Felix Bloch Erben einen Vertrag über die Bearbeitung von Gays *Beggar's Opera* ab, in dem die folgende Aufteilung der Tantiemen festgelegt wurde: 62,5 Prozent für Brecht, 25 Prozent für Weill und 12,5 Prozent für Hauptmann. Fuegi weist in seiner Brecht-Biographie darauf hin, dass Weill bei vorangegangenen Opernprojekten 50 Prozent erhalten hatte; dabei stammten die Libretti zu *Der Protagonist* (Opus 15, 1926) und *Der Zar läßt sich photographieren* (Opus 21, 1928) von dem sehr etablierten Dramatiker Georg Kaiser (1878–1945). Fuegi schreibt ferner – unter Berufung auf Lotte Lenya –, Brecht habe Weill vor dem Verlagsgebäude abgepasst und ihm deutlich gemacht, dass Aufricht ohnehin gezögert habe, ihn mit an Bord zu nehmen (dass man ihn also nicht wirklich benötige, weil man ja jederzeit auch auf die alte Musik von Pepusch zurückgreifen könne). Auf diese Weise ›weichgekocht‹, habe Weill kurz darauf den bereits fertig vorbereiteten Vertrag unterzeichnet. Elisabeth Hauptmann war gar nicht anwesend, ihre Unterschrift wurde nicht benötigt.

Da nun die Zeit drängte, zogen sich Brecht und Weill für einige Wochen nach Saint-Cyr-sur-Mer an der Côte d'Azur zurück. Das Ehepaar Weill traf schon am 5. Mai mit dem Zug im benachbarten Bandol ein, Brecht kam mit Helene Weigel und dem vierjährigen Stefan am 10. Mai im Auto an und blieb bis zum 13. Juni. Brecht hatte für seine Familie ein Haus am Strand gemietet, Weills bewohnten ein Zimmer in einer Hotel-Pension in der Nähe. Kurt Weills Frau, die 1898 in Wien geborene, damals noch nicht sehr bekannte, später jedoch (gerade auch aufgrund ihrer Interpretationen der Songs von Brecht und Weill) weltberühmte Schauspielerin und Sängerin Lotte Lenya, erinnerte sich 1955, Brecht und Weill hätten damals »Tag und Nacht wie die Verrückten« gearbeitet. Sie »schrieben, änderten, strichen, schrieben aufs neue und unterbrachen ihre Arbeit nur, um ein paar Minuten ans Meer hinunterzugehen«. Brecht sei dann mit aufgekrempelten Hosen durchs Wasser gewatet, »die Mütze auf dem Kopf, im Mund die vertraute Virginia« (*Das waren Zeiten!*, zitiert nach stm, S. 119). In den Wochen in Südfrankreich »entstanden eine neue Textfassung sowie wesentliche Teile der Komposition« (BHB 1, S. 198). Brecht schrieb eine Reihe von Songs, die während der Proben wieder entfielen. Am 6. Juni reisten Weills nach Berlin zurück. Kurt Weill schrieb am Abreisetag an seinen Verlag, die Wiener Universal Edition, er arbeite »mit Hochdruck an der Komposition der *Beggar's Opera*, die mir viel Spaß macht. Sie wird in einem sehr leicht sangbaren Stil geschrieben, da sie ja von Schauspielern aufgeführt werden soll. Ich hoffe, bis Ende Juni damit fertig zu sein, um dann in einem Zuge *Mahagonny* fertigzustellen.« (Zitiert nach *Chronik*, S. 247)

Im Juni stellte der Verlag Felix Bloch Erben von der in Frankreich entstandenen Fassung ein hektographiertes Bühnenmanuskript her. Der Titel lautete: *The Beggar's Opera. / Die Luden-Oper / Von John Gray [sic]. / Übersetzt von Elisabeth Haupt-*

mann. / Deutsche Bearbeitung: Bert Brecht. / Musik: Kurt Weill. Ein Exemplar ging an Erich Engel (1891–1966), der das Stück inszenieren sollte.

Brecht arbeitete indessen weiter an dem Stück. Mitte Juli schrieb er dann an Helene Weigel, er habe »›Beggar's Opera‹ usw. fertiggemacht« (GBA, Band 28, S. 306). Weill seinerseits meldete am 22. Juli an die Universal Edition, man möge den größtenteils bereits gesetzten Klavierauszug noch nicht vervielfältigen, da noch zwei Nummern fehlten. Andererseits drang er auf baldige Herstellung des Stimmenmaterials.

Die Proben begannen am 10. August. In den folgenden drei Wochen bis zur Uraufführung wurden nochmals erhebliche Veränderungen am Stück vorgenommen. Unter anderem wurde die »Ballade von der sexuellen Hörigkeit« gestrichen, weil die Darstellerin der Frau Peachum, Rosa Valetti, den Text zu anstößig fand; ebenso eine Arie der Lucy, da Kate Kühl, die die Rolle übernommen hatte, eine zu tiefe Stimme hatte und die Nummer auch gesangstechnisch nicht bewältigte. Weill hat später angemerkt, die Arie wäre ohnehin weggefallen, »weil sich im Laufe der Proben herausgestellt hatte, daß die ganze Szene überflüssig war« (zitiert nach *Chronik*, S. 250). Die meisten Schauspieler waren von Aufricht engagiert worden. Brecht setzte allerdings durch, dass Helene Weigel die Bordellchefin Frau Coaxer spielen sollte, und Carola Neher (1900 bis 1942), die er neuerdings intensiver umschwärmte, die tragende Rolle der Polly Peachum erhielt; Weill erreichte, dass Lotte Lenya als Spelunken-Jenny mit an Bord genommen wurde. Brecht hatte allerdings mit seinen Besetzungswünschen Pech: Helene Weigel fiel kurzfristig wegen Blinddarmentzündung aus, woraufhin ihre Rolle ersatzlos gestrichen wurde. Carola Neher wiederum reiste am 14. August zu ihrem tuberkulosekranken Mann nach Davos ab, dem Dichter Klabund (eigentlich Alfred Henschke, 1890–1928), der noch am selben Tag

Harald Paulsen (1895 bis 1954), der Mackie Messer der Uraufführung; Rollenporträt aus dem Jahre 1930.

verstarb. Nach der Einäscherung am 20. August kehrte Neher zunächst nach Berlin zurück, legte aber kurz vor der Premiere ihre Rolle nieder und wurde durch Roma Bahn ersetzt.

Die berühmte erste Nummer des Stücks, die »Moritat von Mackie Messer«, geht nach Lotte Lenyas Bericht auf die Forderung von Harald Paulsen, dem Darsteller des Macheath, nach einem Eingangssong ganz für ihn allein zurück und entstand erst in der letzten Probenphase. In dem Song »sollte möglichst auch noch die himmelblaue Krawatte vorkommen, die er sich umzubinden gedachte. Brecht hörte ihm mürrisch zu und sagte kein Wort. Aber schon am nächsten Tag brachte er die Strophen der Moritat vom Mackie Messer mit und gab sie Weill zur Vertonung.« (*Das waren Zeiten!*, zitiert nach stm, S. 120) Elisabeth Hauptmann hat dieser Darstellung allerdings 1972 in einem Interview widersprochen. Unstrittig ist lediglich, dass Paulsen die Nummer letztlich gar nicht selbst singen durfte. Sie wurde von Kurt Gerron vorgetragen, der nach diesem Kurzauftritt als Bänkelsänger den Tiger-Brown verkörperte. Aufricht wiederum hat später erzählt, Karl Kraus, der berühmte Wiener Sprachkritiker und Publizist, habe einigen Proben beigewohnt und die zweite Strophe des Eifersuchtsduetts zwischen Polly und Lucy beigesteuert; Brecht habe dieses »Gastgeschenk« gerne angenommen (zitiert nach *Chronik*, S. 251). Sogar der Titel der Oper wurde noch in letzter Minute geändert. Brechts Freund und Förderer, der erfolgreiche Schriftsteller Lion Feuchtwanger (1884–1958; nach anderen Quellen: dessen Frau Marta) machte den Vorschlag, das Stück *Die Dreigroschenoper* zu nennen, den Brecht sofort aufgriff.

Die Generalprobe am Abend des 30. August war – dem allzu pointierten und vielleicht nicht durchweg vertrauenswürdigen Bericht Lotte Lenyas zufolge – »ein Witz. Sie dauerte bis fünf Uhr früh. Wir waren alle miteinander vollständig erledigt. Alles schrie und fluchte durcheinander.« (*Das waren Zeiten!*, zitiert nach stm, S. 120) Daraufhin kürzten Brecht, Weill und Aufricht das Stück am Vormittag des Premierentags um eine Dreiviertelstunde, was zu Protesten der betroffenen Schauspieler führte. Mittags fand dann noch einmal eine Durchlaufprobe statt, die aufgrund der Erschöpfung aller Beteiligten einigermaßen konfliktfrei verlief.

Bei der Uraufführung sprang, den meisten Berichten zufolge, vom »Kanonen-Song« (2. Bild) an der Funke über. Der halbhohe Vorhang (die nachmals berühmte ›Brecht-Gardine‹) des für das Bühnenbild verantwortlichen Caspar Neher sorgte für ein Flair von ärmlichem Straßentheater und machte die Zuschauer zu Zeugen des Szenenumbaus. Im Hintergrund auf einem Podium saßen die sieben Musiker der ›Lewis Ruth Band‹ unter der Leitung von Theo Mackeben, die die insgesamt 23 Instrumente von Kurt Weills Partitur spielten.

II Inhaltsangabe

Vorspiel

Die Szene stellt einen Jahrmarkt in Soho dar, einem Stadtteil Londons, der damals – zur Zeit des viktorianischen England, in dem die Handlung angesiedelt ist – ein verruchtes Pflaster war und auch heute noch als Zentrum der Homosexuellenszene ein unangepasstes Milieu beherbergt.

Bettler, Diebe und Huren gehen ihren Geschäften nach. Ein Moritatensänger singt die Moritat (Lied zur Drehorgel über schaurige Ereignisse) von Macheath, genannt Mackie Messer, dem berüchtigten Chef einer Verbrecherbande. Zwischendurch spaziert Peachum mit Frau und Tochter über die Bühne. Als das Lied zu Ende ist, ertönt unter den Huren Gelächter, dann tritt ein Mann aus ihrem Kreis hervor, überquert raschen Schrittes die Bühne und geht ab. Die Spelunken-Jenny ruft, das sei Mackie Messer gewesen!

Erster Akt

1. Bild: In Peachums Geschäftszentrale

Jonathan Jeremiah Peachum führt das Unternehmen »Bettlers Freund«. Seine in der ganzen Stadt operierende Organisation besteht aus gescheiterten Existenzen, die als Bettler gekleidet an das Mitleid beziehungsweise schlechte Gewissen der Wohlbetuchten appellieren. Das ist für Peachum ein einträgliches Geschäft, doch er weiß, dass sich die Strategien, mit denen er seine Leute operieren lässt, schnell abnutzen. Wie jeder Unternehmer muss er darauf schauen, immer wieder neue und gewinnbringende Reize zu setzen. Das erste Bild gewährt Einblick in seine Geschäftspraktiken, als er von einem jungen Mann namens Filch aufgesucht wird, der arglos auf eigene

Rechnung gebettelt hat, daraufhin am Vortag von zweien von Peachums Männern zusammengeschlagen worden ist und nun, eines Besseren belehrt, um Aufnahme in Peachums Organisation bittet. Während Filch in seine neue Arbeitskleidung schlüpft, erkundigt sich Peachum bei seiner Frau nach dem Verehrer von Polly, den er noch nicht zu Gesicht bekommen hat. Die Idee, dass seine Tochter heiraten könnte, hält Peachum überhaupt für eine »Schweinerei« (S. 15). Was wird aus seinem Geschäft, wenn Polly nicht mehr als Attraktion im Hause ist? Und würde ein Schwiegersohn ihn nicht sofort in der Hand haben, nachdem Polly die Geschäftspraktiken ihres Vaters ausgeplaudert hat? Vollends alarmiert ist Peachum, als ihm klar wird, dass es sich bei Pollys Verehrer um Macheath handeln muss. Auch Frau Peachum sieht nun ein, dass große Gefahr droht – zumal sich herausstellt, dass Polly in der vergangenen Nacht nicht nach Hause gekommen ist. Gemeinsam singen die Eltern Peachum den »Anstatt-dass-Song«, der von der unglückseligen Sehnsucht heranwachsender Töchter nach romantischer Liebe handelt.

2. Bild: Hochzeit im Pferdestall

Am Spätnachmittag desselben Tages feiern Macheath und Polly Peachum im Kreise der Verbrecherbande in einem leerstehenden Pferdestall in Soho, den Macheath' Leute mit wahllos zusammengeklauten Kostbarkeiten herrichten, Hochzeit. Polly ist zunächst bedrückt, sie hat sich alles schöner vorgestellt und bedauert die Leute, die um ihrer willen geschädigt worden sind. Später freut sie sich aber doch über die kostbaren (ebenfalls gestohlenen) Geschenke. Der Geistliche Kimball findet sich ein. Die Räuber intonieren ein trostlos-zynisches Hochzeitslied. Auch Polly trägt zur Unterhaltung bei, indem sie das Lied von der »Seeräuber-Jenny« singt. Als verspäteter Gast trifft Brown ein, der Polizeichef von London, der, wie sich zeigt, ein enger Freund von Macheath ist, seit beide zusammen in Indien bei der Armee gedient haben. Mit dem »Kanonen-Song« erinnern sie an diese glorreiche Zeit. Macheath brüstet sich gegenüber seinen Leuten mit seiner Freundschaft zu Brown und deutet an, wie in ihrer Beziehung eine Hand die andere wäscht. Er spricht Brown auf seinen Schwiegervater an, der ihm ein wenig Sorge bereitet; aber Brown versichert, es liege nicht das Geringste gegen ihn, Macheath, vor. Dann muss er wieder los, denn er hat aufgrund der unmittelbar bevorstehenden Krönungsfeierlichkeiten der Königin noch eine Menge zu tun. Nach seinem Abgang enthüllen die Mitglieder der Bande das zuvor noch nicht sichtbare Hochzeitsbett und machen sich dann diskret aus dem Staub. In einem Liebeslied versichern sich Macheath und Polly abschließend ihrer gegenseitigen Zuneigung und Treue.

3. Bild: Familienszene bei Peachums

Das dritte Bild spielt am folgenden Morgen. Soeben hat Polly, noch in Mantel und Hut, ihren Eltern ihre Heirat gebeichtet. Mit einem Song versucht sie ihnen verständlich zu machen, warum ihre Wahl gerade auf Macheath gefallen ist. Peachum reagiert mit verbittertem Sarkasmus und malt in düsteren Farben das (materielle) Elend aus, das Polly mit ihrer romantischen Gefühlsduselei über ihre Eltern gebracht habe. Frau Peachum nimmt Zuflucht zu einer Ohnmacht. Pollys glücklicher Stimmung tut das alles keinen Abbruch.

Fünf Bettler treten auf, quengeln in der Art unzufriedener Angestellter herum und werden von Peachum teils begütigt, teils in ihre Schranken gewiesen, teils gefeuert, um einmal ein Exempel zu statuieren.

Nachdem sie sich etwas gefangen haben, verlangen die Eltern von Polly, dass sie sich unverzüglich wieder scheiden lässt. Polly widersteht jedoch jedem elterlichen Druck unter

Hinweis auf ihre Liebe zu Macheath. Zuletzt wird Peachum durch eine zufällige Bemerkung seiner Frau auf die gute Idee gebracht, Macheath bei der Polizei anzuzeigen und die auf ihn ausgesetzte Belohnung zu kassieren. Frau Peachum greift diesen vorzüglichen Gedanken auf. Sie vermutet, dass Macheath bestimmt bei seinen Huren zu finden sei. Polly – die hinausgeschickt worden ist, aber an der Tür gehorcht hat – bestreitet das energisch und fügt triumphierend hinzu, dass ihre Eltern ihrem Mann ohnehin nichts anhaben könnten, weil er und der Sheriff dicke Freunde seien. Frau Peachum wirkt auf diese neue Information hin entmutigt, aber Peachum lässt sich nicht abschrecken. Er schickt seine Frau nach Turnbridge zu den Huren, während er mit Polly Brown aufsuchen will. Nachdem diese Beschlüsse gefasst sind, treten alle drei nach vorne und singen *»bei Songbeleuchtung«* das »Erste[ ] Dreigroschen-Finale«, das von der »Unsicherheit menschlicher Verhältnisse« handelt.

Zweiter Akt

4. Bild: Macheath muss untertauchen

Am Donnerstagnachmittag taucht Polly in dem Pferdestall auf, um ihren Mann zu warnen. Eben ist sie mit ihrem Vater bei Brown gewesen. Peachum ist es gelungen, Brown in die Enge zu treiben, sodass dieser zugesagt hat, Macheath verhaften und hängen zu lassen. Plötzlich liegt auch alles Mögliche gegen ihn vor. Polly hat die Anklageakten gleich mitgebracht. Macheath erkennt, dass seine Lage tatsächlich gefährlich geworden ist und er für eine Weile von der Bildfläche verschwinden muss. Polly soll unterdessen die Leitung des Geschäfts übernehmen. Er holt die Geschäftsbücher und beginnt sie zu instruieren. Als Erstes geht er mit ihr das »Personal« (S. 46) durch. In den nächsten zwei Wochen soll sie so viel Geld wie möglich aus dem Unternehmen ziehen und den Reingewinn an ein Bankhaus in Manchester überweisen; er plane ohnehin, in Kurzem ganz in das »Bankfach« (S. 47) hinüberzuwechseln; das sei sicherer und einträglicher. Sobald das Geld transferiert ist, soll Polly die ganze Bande an Brown verpfeifen. Polly ist über die Kaltblütigkeit ihres Manns betroffen.

Die Mitglieder der Bande erscheinen. Die Krönungsfeierlichkeiten versprechen Tage reicher Beute. Macheath stellt seinen Leuten die neue Lage dar. Matthias äußert sich skeptisch, ob Polly ihrer neuen Rolle gewachsen ist. Doch diese weiß sich sofort Respekt zu verschaffen. Die Leute gehen ab und Macheath verabschiedet sich von seiner Frau. Diese ermahnt ihn dringlich, gleich abzureisen und keine andere Frau mehr anzusehen. Sie sage das nicht aus Eifersucht. Macheath verspricht es. Bevor er geht, berichtet Polly von ihrem gestrigen Traum, der nichts Gutes für die Zukunft verhieß. Sie bleibt allein zurück und singt ein paar hoffnungslose Verse.

In einem »Zwischenspiel« (S. 51) tritt Frau Peachum mit der Spelunken-Jenny vor den Vorhang und fordert sie auf, Mackie Messer für eine Belohnung von zehn Schillingen an die Polizei auszuliefern, wenn er sich in den nächsten Tagen bei den Huren blicken lasse. Dass er kommen wird, ist für sie gewiss. Sie erklärt dies mit der »Ballade von der sexuellen Hörigkeit«.

5. Bild: Macheath' Verhaftung

Es ist immer noch Donnerstagnachmittag. Im Hurenhaus in Turnbridge herrscht *»ein bürgerliches Idyll«* (S. 52). Jakob hat es sich mit der Zeitung bequem gemacht und erklärt, Macheath sei heute verhindert. Im nächsten Augenblick tritt dieser ein – seine Gewohnheiten sind ihm heilig. Zudem regnet es draußen in Strömen. Jenny liest in der Anklageschrift, die Macheath auf den Boden geworfen hat, nimmt dann seine Hand und prophezeit ihm eine düstere nähere Zukunft. Dann geht sie, um ihre Voraussage wahr werden zu lassen. Macheath amüsiert sich mit Jakob, der sich inzwischen in die Anklageschrift vertieft hat, über deren Inhalt. Zur allgemeinen Unterhaltung trägt er die »Zuhälterballade« vor. Jenny ist inzwischen mit Konstablern und Frau Peachum zurückgekehrt. Sie blicken durchs Fenster herein. Jenny tritt herein und singt eine zweite Strophe der Ballade, die von dem halben Jahr handelt, in dem Macheath Jennys Zuhälter war. Die Schlussstrophe tragen sie im Wechsel vor. Sie tanzen. Dann spürt Macheath die Hand des Schutzmanns Smith auf seiner Schulter. Bevor dieser ihm Handschellen anlegen kann, stößt Macheath ihn von sich und springt aus dem Fenster. Doch draußen wartet Frau Peachum mit weiteren Polizisten. Macheath hat sich sofort im Griff und tauscht mit Frau Peachum ein paar höfliche Worte. Anschließend wird er abgeführt.

6. Bild: Einlieferung in und Flucht aus Old Bailey

Im Gefängnis in Old Bailey sieht der Polizeichef Brown mit Bangen der Einlieferung seines Freundes Macheath entgegen. Als dieser, mit einem dicken Tau umwickelt, stolz hereintritt, würdigt er Brown keines Wortes. Der Polizeichef geht verzweifelt ab und Macheath kommentiert befriedigt die durchschlagende Wirkung seines Auftritts. Das Tragen von Handschellen bleibt ihm erspart, weil er es sich leisten kann, den Aufseher Smith mit einer hohen Summe zu bestechen. Seine einzige Sorge ist, nun werde wohl herauskommen, dass er hinter Browns Rücken dessen Tochter Lucy verführt hat. Aus Widerwillen gegen seine gegenwärtige Lage singt er die »Ballade vom angenehmen Leben«. Anschließend kommt zuerst Lucy herein, die von der Ehe ihres Geliebten mit Fräulein Peachum erfahren hat, und beschimpft Macheath. Dieser bestreitet, mit Polly verheiratet zu sein, woraufhin Lucy sich versöhnt gibt. Als dann aber auch Polly auftritt, wird Lucy schnell klar, dass Macheath sie belogen hat. Sie giftet gegen ihn und gegen Polly. In einem »Eifersuchtsduett« verhöhnt sie Polly, die sich alle Mühe gibt, ihr nichts schuldig zu bleiben. Beide bestehen im sentimentalen Refrain darauf, dass Mackie nur sie liebe.

Macheath, für den Lucy in seiner Situation von größerem Wert ist, wirft Polly vor, sein Elend zu vermehren, indem sie beharrlich behaupte, seine Frau zu sein. Der Streit zwischen Lucy und Polly eskaliert. Lucy gibt Polly zu verstehen, dass sie von Macheath schwanger sei. Polly bricht schließlich weinend zusammen.

Auf der Suche nach ihrer Tochter erscheint nun auch Frau Peachum, die Polly beschimpft, ohrfeigt und dann mit sich zerrt. Macheath fährt fort, Lucy zu umschmeicheln und seine Heirat mit Polly zu leugnen. Sie verhilft ihm zur Flucht, an der auch Smith und weitere Konstabler ihn nicht hindern können.

Brown betritt die leere Bühne. Er hofft darauf, Macheath versöhnen zu können, und ist erleichtert, als er merkt, dass dieser geflohen ist. Peachum kommt herein und stellt ebenfalls fest, dass der Vogel ausgeflogen ist. Natürlich gibt er, in seiner sarkastischen Weise, Brown die Schuld. Dieser versichert das Gegenteil. Peachum ist unbeeindruckt und kündigt an, mit seiner Armee falscher Bettler die bevorstehenden Krönungsfeierlichkeiten zu sabotieren, was für den Polizeichef zweifellos schlimme Folgen haben werde. Mit dieser Drohung geht er ab. Der Vorhang fällt.

Zum Abschluss des zweiten Akts erklingt das »Zweite[ ] Dreigroschen-Finale«, in dem Macheath, die Spelunken-Jenny und ein Chor (hinter der Szene) die bittere Wahrheit verkünden, dass der Mensch nur »von Missetat allein« lebe: Erst komme »das Fressen«, dann »die Moral« (S. 69 f.).

Dritter Akt

7. Bild: Peachums erneute Kraftprobe mit Brown

Die 1432 Angestellten Peachums bereiten sich um drei Uhr früh des nächsten Tages in seinen elf Filialen auf die möglichst effiziente Störung der Krönungsfeierlichkeiten vor. Die Prostituierten, an der Spitze ihre Wortführerin Jenny, stellen sich ein, um von Frau Peachum den versprochenen Lohn für ihren Verrat von Macheath zu kassieren. Frau Peachum weist jedoch alle Forderungen zurück, da Macheath ja schon wieder entflohen sei. Peachum mischt sich ein und gerät mit Jenny aneinander, die verächtlich feststellt, er könne Macheath ohnehin nicht das Wasser reichen. Dass sie den verkauft habe, habe sie bereits tief bereut. Er aber, ein wahrer Gentleman, habe ihr alles verziehen und sich vorhin erst wieder bei ihr eingefunden, um sie zu trösten. Im Augenblick sei er bei Suky Tawdry, um auch diese zu trösten. Peachum schickt Filch verstohlen mit dieser Information zur nächsten Polizeistation. Den Huren gegenüber wechselt er die Taktik, lässt ihnen von seiner Frau Kaffee bringen und sichert ihnen ihre Belohnung zu. Im Abgehen singt Frau Peachum beziehungsreich die dritte Strophe der »Ballade von der sexuellen Hörigkeit«.

Peachum treibt seine Leute zur Arbeit an. Eben als Frau Peachum mit dem Kaffee zurückkommt, stürzt Filch herein und meldet atemlos, die Polizei sei bereits ganz von alleine im Anmarsch. Auf Peachums Anweisung hin verbergen sich die Bettler. Brown erscheint mit Smith und Konstablern im Geschäft. Peachum behandelt ihn respektlos und frech. Brown kündigt an, das ganze Nest einfach auszuräuchern und alle Bettler zu inhaftieren. Peachum ist unbeeindruckt. Zu Browns Belehrung singt er das »Lied von der Unzulänglichkeit menschlichen Strebens«. Dann malt er ihm aus, was für eine Wirkung der Aufmarsch der »richtigen Elenden« (S. 78) bei den Feierlichkeiten hervorrufen müsse. Brown stellt empört fest, dass er erpresst wird und dass man Peachum »im Interesse der öffentlichen Ordnung gar nichts anhaben« könne (S. 78). In seiner Not geht er auf Peachums Forderung ein, Macheath erneut festnehmen zu lassen. Peachum nennt die Adresse und ändert, nachdem er sich durchgesetzt hat, das Ziel »des Aufmarschplanes« (S. 79). Die Bettler sollen sich nun vor den Gefängnissen von Old Bailey zusammenrotten. Nachdem Peachum eine letzte Strophe des »Liedes von der Unzulänglichkeit« gesungen hat, fällt der Vorhang, vor den anschließend Jenny mit einem Leierkasten tritt, um den »Salomon-Song« vorzutragen, der von den verderblichen Folgen von Weisheit (Salomon), Schönheit (Kleopatra), Kühnheit (Cäsar), Wissensdurst (Brecht) und Sinnlichkeit (Macheath) handelt.

8. Bild: Die beiden betrogenen Frauen unter sich

Polly sucht Lucy in ihrem *»Mädchenzimmer in Old Bailey«* (S. 81) auf und entschuldigt sich für ihr gestriges Verhalten. (Die Szene, die in der Uraufführungsfassung fehlt, spielt seltsamerweise spätnachts, da die missglückte Razzia bei Peachum um drei Uhr nachts stattfindet und die sich direkt anschließende Schlussszene des Stücks um fünf Uhr morgens einsetzt.) Lucy reagiert misstrauisch auf Pollys Beteuerungen, ihr sei inzwischen klar geworden, dass Macheath nur ihre Rivalin liebe. Polly vertraut Lucy an, sie kenne Macheath überhaupt erst seit wenigen Tagen. Lucy entgegnet, sie hätte besser daran getan, in ihren Kreisen zu bleiben. Polly pflichtet ihr bei – zumindest hätte sie nach dem Vorbild ihres Vaters alles ein wenig genauer kalkulieren sollen. Lucy bietet Polly Kaffee und Kuchen an; doch die Abneigung der beiden jungen Frauen und ihr gegenseitiges Misstrauen brechen schnell wieder durch. Polly ist, wie sich zeigt, nur gekommen, um von Lucy den Aufenthaltsort von Macheath in Erfahrung zu bringen.

Aber die Frauen müssen einsehen, dass sie beide von Macheath hintergangen worden sind, der sich auch bei Lucy nicht gemeldet hat. Daraufhin gehen sie zum ›du‹ über und spielen ›beste Freundinnen‹. Lucy gesteht Polly, dass sie ihre Schwangerschaft mithilfe eines Muffs nur vorgetäuscht hat. Im Flur werden Stimmen und Schritte laut. Macheath wird zum zweiten Mal hereingebracht. Polly reagiert erschüttert: Jetzt sei alles aus. Ihre Mutter erscheint. Sie informiert Polly, dass ihr Mann gehängt werde, lässt sie das Witwenkleid, das sie mitgebracht hat, anziehen, sagt voraus, sie werde eine bildschöne Witwe abgeben, und ermahnt sie, nun aber auch ein bisschen fröhlich zu sein.

9. Bild: Vorbereitungen für die Hinrichtung von Macheath und Happy End

Um fünf Uhr wird Macheath in den Kerker gebracht. Smith informiert die Konstabler, dass der Gefasste in einer Stunde gehenkt sein müsse, um unerwünschtes Aufsehen zu vermeiden und die Schaulustigen nicht von den Krönungsfeierlichkeiten abzuziehen. Macheath versucht Smith mit einer hohen Geldsumme zu bestechen, damit er ihn laufen lässt. Allein in seiner Zelle singt er die erste Strophe des »Ruf[s] aus der Gruft«. Matthias und Jakob erscheinen, werden von Smith vorgelassen und erhalten von Macheath den Auftrag, unverzüglich das Depot der Bande zu leeren und alles Geld zu bringen. Sie sind nicht begeistert, erklären sich aber bereit, dem Befehl Folge zu leisten. Smith fragt Macheath nach seinen Wünschen bezüglich seiner Henkersmahlzeit. Macheath bestellt Spargel. Unter vier Augen erkundigt sich Smith nach der Höhe der Bestechungssumme, die Macheath aufbringen kann. Nachdem er sie vernommen hat, geht er achselzuckend ab. Mit Konstablern zurückkommend, fragt er ungeduldig nach dem Stand der Vorbereitungen für die Hinrichtung.

Schlussbild der Uraufführung der »Dreigroschenoper« am 31. August 1928 im Berliner ›Theater am Schiffbauerdamm‹: Erich Ponto als Peachum, Roma Bahn als Polly, Harald Paulsen als Macheath und Kurt Gerron als Brown. Regie: Erich Engel.

Macheath singt die zweite Strophe des »Ruf[s] aus der Gruft«. Polly erreicht, dass sie zu ihrem Mann gelassen wird, obwohl sie eine hohe Besuchernummer hat. Sie erkundigt sich, ob er »sehr kaputt« sei (S. 90). Auf seine Frage, was denn nun aus ihr werde, kann sie ihn aber beruhigen: Das Geschäft gehe sehr gut. Geld, um Smith zu bestechen, hat sie jedoch nicht. Sie könne ja stattdessen versuchen, mit jemandem zu reden, vielleicht gar mit der Königin. Smith erklärt den Besuch für beendet und zieht Polly weg.

Als der Spargel gebracht wird, taucht auch Brown auf. Er legt selbst mit Hand an, in der Hoffnung, Macheath wieder freundlicher zu stimmen. Doch dieser zeigt sich unversöhnlich distanziert. Er siezt den alten Freund und bittet um eine letzte Abrechnung über die gegenseitigen Gefälligkeiten, um Brown nichts schuldig zu bleiben. Brown ist am Boden zerstört, bis er sich schließlich durch Macheath so sehr in seiner

Ehre angegriffen fühlt, dass er Smith den Befehl gibt, die Leute hereinzulassen, die sich zur Hinrichtung eingefunden haben: Peachum mit Frau und Tochter, Lucy, die Huren, der Pfarrer sowie Matthias und Jakob. Peachum erblickt seinen Schwiegersohn bei dieser Gelegenheit zum ersten Mal. Matthias muss mitteilen, dass er das Geld nicht hat und dass die anderen Mitglieder der Bande wegen der Krönungsfeierlichkeiten keine Zeit haben, aber grüßen lassen. Dafür haben sich die Huren vollzählig eingefunden, wie Jenny versichert.

Es ist sechs Uhr. Macheath wird aus dem Käfig herausgelassen und wendet sich in einer letzten kurzen Ansprache an die Zeugen seiner Hinrichtung. Danach leistet er in einer Ballade jedermann Abbitte, wünscht aber gleichzeitig den Polizisten einen brutalen Tod. Es folgt der Gang zum Galgen, bei der die Prozession die Bühne links verlässt und rechts wieder hereinkommt, während Macheath oben beim Galgen steht. Dann wendet sich Peachum an das Theaterpublikum und teilt überraschend mit, dass Macheath doch nicht aufgehängt werde. Das »Dritte[ ] Dreigroschen-Finale« beginnt mit Rufen des Chors, die den reitenden Boten des Königs ankündigen. Brown verkündet, die Königin befehle anlässlich ihrer Krönung, dass Macheath sofort freigelassen werde. Zudem erhebt sie ihn in den erblichen Adelsstand und schenkt ihm ein Schloss sowie eine fürstliche lebenslange Rente. Macheath und Polly jubeln befreit. Frau Peachum konstatiert, dass sich alles zum Glück gewendet habe, und Peachum fordert alle auf, »den Choral der Ärmsten der Armen« zu singen, »deren schwieriges Leben« man heute dargestellt habe (S. 97), denn die reitenden Boten des Königs kämen sehr selten, weshalb man das Unrecht angesichts des weltlichen Jammertals nicht zu sehr verfolgen solle.

III Analyse und Deutung

1 Form

Episches Theater

1935 hat Brecht notiert: »Die Aufführung der ›Dreigroschenoper‹ 1928 war die erfolgreichste Demonstration des epischen Theaters.« (*Über die Verwendung von Musik für ein episches Theater*, Erstveröffentlichung 1957 in den *Schriften zum Theater*; GBA, Band 22.1, S. 156) Das Konzept des epischen oder dialektischen Theaters, wie er es in späteren Jahren lieber nannte, ist untrennbar mit Brecht verbunden. Sein Name steht für einen weltweiten Paradigmenwechsel (eine grundsätzliche Neuausrichtung) der Dramatik im 20. Jahrhundert, auch wenn dieser natürlich nicht allein auf ihn zurückzuführen ist. So hat Peter Szondi in seiner einflussreichen Schrift *Theorie des modernen Dramas* (1956) gezeigt, dass sich spätestens seit der Wende zum 20. Jahrhundert bei vielen Dramatikern die Überzeugung durchgesetzt hatte, »die uniformierenden und kollektivierenden Tendenzen der modernen Geschichts- und Gesellschaftsentwicklung« ließen sich in der »individualistisch-dialogischen« Gestalt des ›reinen Dramas‹ »nicht mehr adäquat präsentieren« (Hans-Peter Bayerdörfer: Episches Theater. In: Borchmeyer/Žmegač, S. 104).

In der Geschichte des Dramas seit der Antike haben sich immer wieder Dramenformen herausgebildet, in denen epische Elemente stärker hervortraten. Gemeint sind damit alle Kunstgriffe, die die spontane Einfühlung des Zuschauers in die Handlungsträger des dramatischen Geschehens abschwächen und die »lückenlose, lineare Zielstrebigkeit des Handlungsablaufs« der ›reinen dramatischen Form‹ unterbrechen (Gérard Schneilin in: Manfred Brauneck und Gérard Schneilin [Hrsg.]: *Theaterlexikon. Begriffe und Epochen, Bühnen und*

Ensembles. Reinbek bei Hamburg: Rowohlt Taschenbuch Verlag 1986, S. 307). Solche episierenden Züge finden sich gleich in den Ursprüngen des griechischen Dramas »mit dem Dialog zwischen dem Autor/Rhapsoden und dem Chor, in der späteren griech. Tragödie den Berichten und Chorkommentaren sowie bei Euripides der ›epischen Vorschau und Hinausschau‹ von Prolog und Epilog« (ebenda). Eine epische Grundhaltung weisen auch die mittelalterlichen Mysterien- und Fastnachtsspiele mit ihrer Trennung von Handlungs- und Kommentarebene auf. Ferner neigen alle Varianten der ›offenen Dramenform‹ (Volker Klotz) sowie Komödien und Tragikomödien zu Techniken der »Illusionsbrechung und Ironisierung als Momente der Reflexion und Aufklärung des Zuschauers« (ebenda, S. 307 f.). Im romantischen Lustspiel wird diese Tendenz auf ihre Spitze getrieben. Ende des 19. Jahrhunderts arbeiten dann die Dramatiker des Naturalismus verstärkt mit epischen Elementen, etwa durch die »Einbeziehung eines Milieu und Handlung von außen her betrachtenden Fremden als Vertreter des Autors« (ebenda, S. 308). Für das Drama des 20. Jahrhunderts hat die Theaterwissenschaftlerin Margret Dietrich (1920–2004) vier Grundformen der epischen Technik herausgearbeitet: 1. das Auftreten eines epischen Ichs als Erzähler, etwa in den Rollen des Ansagers oder Spielleiters; 2. die Aufgliederung des Dramengeschehens in eine Folge von Bildern; 3. das Aufbrechen der chronologischen Präsentation des Geschehens sowie 4. »die Unterbrechung der Handlungsfolge durch reflektiv-kontemplative Elemente« (ebenda).

Brecht selbst hat keine zusammenhängende Theorie seines epischen beziehungsweise dialektischen Theaters vorgelegt. Er hat sich stattdessen in vielen seiner Schriften und für den privaten Gebrauch entstandenen Aufzeichnungen direkt oder indirekt zum epischen Theater geäußert. Aus diesen verstreuten Stellungnahmen hat die Brecht-Forschung im Nachhinein

Brechts Konzept des epischen Theaters zusammengestellt. Als ein Schlüsseltext gilt dabei die stichworthafte Gegenüberstellung der »[d]ramatische[n]« und »[e]pische[n] Form des Theaters« in den 1930 veröffentlichten *Anmerkungen zur Oper »Aufstieg und Fall der Stadt Mahagonny«* (GBA, Band 24, S. 78 f.). Dieses bemerkenswert unstrukturierte (kaum nach Aspekten geordnete) und stark redundante (zu Wiederholungen neigende) Schema enthält folgende Thesen: 1. In der dramatischen Form des Theaters steht eine Handlung im Vordergrund, in der epischen Form herrscht ein erzählender Gestus vor. 2. Die dramatische Form »verwickelt den Zuschauer« demnach »in eine Bühnenaktion« (er »wird in etwas hineinversetzt«, »steht mittendrin«, erlebt mit, sein »Gefühl« wird angesprochen, er empfindet »Spannung auf den Ausgang« der Handlung), während die epische Form »den Zuschauer zum Betrachter« macht (er »wird gegenübergesetzt«, »steht gegenüber«, »studiert«, seine »Ratio« wird angesprochen, er empfindet »Spannung auf den Gang« der Ereignisse). 3. Die dramatische Form »verbraucht« auf diese Weise die »Aktivität« des Zuschauers (er unterliegt einer »Suggestion«, steht im Bann seines »Erlebnis[ses]«, seine »Empfindungen werden konserviert«), die epische Form hingegen »weckt seine Aktivität« (liefert ihm »Argument[e]«, vermittelt ihm ein »Weltbild«, treibt ihn »zu Erkenntnissen«, »erzwingt von ihm Entscheidungen«). 4. Diese jeweilige Wirkung erreicht die dramatische Form durch die Geschlossenheit ihres kontinuierlich voranschreitenden Handlungsverlaufs, in der jede Szene ihren festen Platz und ihre klare Funktion hat (»Eine Szene für die andere«, »Wachstum«, »Geschehen linear«, »evolutionäre Zwangsläufigkeit«), die epische Form durch die Offenheit ihrer Struktur (»Jede Szene für sich«, »Montage«, »in Kurven«, »Sprünge«). 5. Die dramatische Form beruht auf den anthropologischen und gesellschaftstheoretischen Überzeugungen, dass der »Mensch als bekannt vorausgesetzt« werden kann (»Der Mensch als Fixum«) und dass »das Denken« »das Sein« »bestimmt«, während in der epischen Form der »veränderliche und verändernde Mensch« vorausgesetzt wird (»Der Mensch als Prozeß«) sowie die Annahme herrscht, dass das »gesellschaftliche Sein« »das Denken« »bestimmt«. Der innere Widerspruch der hier in der abschließenden Doppelthese zusammengefassten Punkte – einerseits wird die gestalterische Freiheit des Menschen als Subjekt der Geschichte betont und andererseits seine gesellschaftliche Determiniertheit – bleibt dabei unkommentiert.

Betrachtet man auf der Basis dieser Thesen Brechts Aussage, die »Aufführung der ›Dreigroschenoper‹ 1928« sei »die erfolgreichste Demonstration des epischen Theaters« gewesen, so ergibt sich ein gemischtes Bild.

Erzählerische Elemente in der »Dreigroschenoper«

Der erzählerische Gestus ist zumindest nicht überbetont. Es gibt keine durchgehend kommentierende Instanz und auch keine Figur, die den ›Spiel im Spiel‹-Charakter der Handlung unterstreicht und damit ein distanzierendes Signal setzt. (Man denke etwa an das »Vorspiel auf dem Theater« von Goethes *Faust*.) Dabei enthielt das Originalstück von John Gay gerade solche ›Spiel im Spiel‹-Elemente. Brecht hat sie im Zuge seiner Bearbeitung eliminiert. Noch im Bühnenmanuskript, das im Juni 1928 unter dem Titel *The Beggar's Opera. Die Ludenoper* im Theaterverlag Felix Bloch Erben vervielfältigt wurde, wird die Handlung der Schlussszene in enger Anlehnung an Gays Vorlage durch einen Disput der »Darsteller« des Macheath und der Eheleute Peachum mit dem »Verfasser« (der unsichtbar bleibt, seine Stimme ertönt rechts aus der Kulisse) unterbrochen: Der »Darsteller des Macheath« wendet sich nach dem Abschied von Lucy und Polly, unter dem Schluchzen der

Huren, plötzlich der Kulisse zu und fragt ungeduldig, was denn nun sei. Gehe er nun ab oder nicht? Schließlich müsse er »das wissen bei der Premiere«. Der »Darsteller des Peachum« schaltet sich ein. Er habe »gestern schon gesagt, daß das ein Quatsch ist, eine pfundschwere Tragödie ist das und kein anständiges Melodrama«. Die »Darstellerin der Frau Peachum« ereifert sich, sie finde »ja diese Hängerei am Schluß auch zum Kotzen«. Auch die Zurechtweisung durch den Verfasser, das Stück bleibe so, wie es sei, selbstverständlich müsse der Mann gehängt werden, das sei einfach die Wahrheit, schüchtert die aufbegehrenden Schauspieler keineswegs ein. Schließlich erklärt der Verfasser erbost, »dann müssen sich die Herrschaften ihren Dreck eben allein machen«. Das lassen sich die Schauspieler nicht zweimal gesagt sein. Sie gehen »zehn Sätze zurück« und ersetzen den bisherigen Schluss durch »einen erstklassigen allgemein befriedigenden Theaterschluß«, in dem Macheath begnadigt und mit den bekannten Gunstbeweisen der Königin versehen wird (alle Zitate nach GBA, Band 2, S. 430 f.).

»Titel und Tafeln«

Um zu vermeiden, dass der Zuschauer zu stark in die Bühnenaktion verwickelt wird, setzt Brecht vor allem auf Zwischentitel und Songs. Zu den Zwischentiteln, die dem Publikum vom Kino her durchaus vertraut, aber auf der Theaterbühne neu waren, bemerkte Brecht im Abschnitt »Titel und Tafeln« seiner 1930 verfassten *Anmerkungen zur »Dreigroschenoper«*, sie seien »ein primitiver Versuch zur *Literarisierung des Theaters*«. Diese müsse »in größtem Ausmaß weiterentwickelt werden«. Indem sie das » ›Gestaltete[ ]‹ « mit » ›Formuliertem‹ « durchsetze, eröffne sie »dem Theater die Möglichkeit, den Anschluß an andere Institute für geistige Tätigkeit herzustellen«. Diese Formulierung ist charakteristisch für den Gestus der theoretischen Schriften Brechts in jenen Jahren: Sie sind reich an apodiktischen und sarkastischen Formulierungen, aber arm an Begründungen und bleiben zudem oft unkonkret. Gegen die Verwendung von Titeln, fährt Brecht fort, könne »vom Standpunkt der Schuldramatik aus« eingewendet werden, »daß der Stückeschreiber alles zu Sagende in der Handlung unterzubringen habe«. Jedoch sei diese »Sucht, den Zuschauer in eine einlinige Dynamik hineinzuhetzen, wo er nicht nach rechts und links […] schauen kann, […] vom Standpunkt der neueren Dramatik aus abzulehnen«. Vielmehr müsse das »komplexe Sehen […] geübt werden«.

> Außerdem erzwingen und ermöglichen die Tafeln vom Schauspieler einen neuen Stil. Dieser Stil ist *der epische Stil*. Beim Ablesen der Tafelprojektionen nimmt der Zuschauer die Haltung des Rauchend-Beobachtens ein. Durch eine solche Haltung erzwingt er ohne weiteres ein besseres und anständigeres Spiel, denn es ist aussichtslos, einen rauchenden Mann, der also hinlänglich mit sich selbst beschäftigt ist, »in den Bann ziehen« zu wollen. Sehr rasch hätte man so ein Theater voll von Fachleuten, wie man Sporthallen voll von Fachleuten hat. […] Der Schauspieler müßte jene Vorgänge, die durch die Titel schon angezeigt, also ihrer stofflichen Sensation schon beraubt sind, ganz anders auffällig machen. (GBA, Band 24, S. 58 f.)

Ob die von Brecht gewählten Titelformulierungen den ihnen zugeschriebenen Zweck erfüllen, den Zuschauer bereits über das Kommende in Kenntnis zu setzen und somit seine Aufmerksamkeit von dem bloßen Geschehen weg- und auf die sich offenbarenden gesellschaftlichen Mechanismen hinzulenken, erscheint allerdings zumindest in einigen Fällen zweifelhaft: So nimmt gleich der ausführliche Titel des ersten Bilds keineswegs viel vorweg, sondern weckt eher Neugier: »Um der zunehmenden Verhärtung der Menschen zu begegnen, hatte der Geschäftsmann J. Peachum einen Laden eröffnet, in dem die Elendesten der Elenden jenes Aussehen erhielten, das zu den immer verstockteren Herzen sprach.« (S. 9) Dasselbe gilt für den Titel des dritten Bilds: »Für Peachum, der die Härte der Welt kennt, bedeutet der Verlust seiner Tochter dasselbe wie vollkommener Ruin.« (S. 34) Welches Geschehen der Titel zu Bild 8 »Kampf um das Eigentum« (S. 81) ankündigt, wird im Voraus schlechterdings kein Zuschauer sagen können; und bezeichnend ist, dass im Titel der Schlussszene jeder Hinweis auf die überraschende Wendung am Ende des Stücks vermieden wird: »Freitag Morgen, 5 Uhr: Mackie Messer, der abermals zu den Huren gegangen ist, ist abermals von Huren verraten worden. Er wird nunmehr gehängt.« (S. 86) Mit ihrem gesucht witzigen Hintersinn erinnern die angeführten Titel eher an Kapitelüberschriften in Romanen von Henry Fielding (1707–1754), einem Zeitgenossen von John Gay. So lauten Überschriften in Fieldings berühmtestem Roman *The History of Tom Jones, a Foundling* (1749) etwa (in der Übertragung von Horst Höckendorf): »Erstes Kapitel: *Einführung in das Werk oder Speisekarte des Festmahls*«; oder: »Sechstes Kapitel: […] *Kurzer Bericht über Jenny Jones, dazu die Schwierigkeiten und Enttäuschungen, die jungen Frauen beim wissenschaftlichen Studium begegnen können*«. Ähnlich behaglich lässt Brecht den Zuschauer im Dunkeln stehen, bevor er gleichsam den Vorhang lüftet. Während die zitierten Titel also wenig dazu beitragen, die Spannung auf den Fortgang der Handlung zu nehmen, so bieten sie doch direkt oder indirekt Deutungsvorschläge, die den Zuschauer das folgende Geschehen in einem bestimmten Licht wahrnehmen lassen. So ist seine Aufmerksamkeit zumindest geteilt und seine Fähigkeit, sich ein eigenes Urteil zu bilden, angesprochen.

Die Songs

Die Songs treten bei Brecht an die Stelle der Gesangsnummern von John Gays *Beggar's Opera,* welche ja eine Parodie auf die pompöse Barockoper des 1685 in Halle an der Saale geborenen und 1759 in London gestorbenen überaus erfolgreichen Komponisten und Musikunternehmers Georg Friedrich Händel gewesen war. Die dramaturgische Verlegenheit der traditionellen Oper, dass nämlich immer dann, wenn gesungen wird, die Handlung nur mühsam oder gar nicht vom Fleck kommt, kam Brechts Vorstellung von einem epischen Theater gerade entgegen. Er setzte die Musikeinlagen in bewussten, deutlich markierten Kontrast zu dem sonstigen Geschehen und wies ihnen eine kommentierende Funktion zu. Die Standardanweisung dazu in der *Dreigroschenoper* lautet: »*Songbeleuchtung: goldenes Licht. Die Orgel wird illuminiert. An einer Stange kommen von oben drei Lampen herunter und auf den Tafeln steht:*« [Titel des Songs] (S. 16 und öfter). Während sie singen, wenden sich die Schauspieler ausdrücklich ans Publikum. Manchmal treten sie zusätzlich vor den Vorhang und damit noch einmal deutlich aus der Bühnenhandlung heraus (so Herr und Frau Peachum vor dem »Anstatt-dass-Song«, Frau Peachum vor der »Ballade von der sexuellen Hörigkeit«, Macheath und Jenny vor dem »Zweite[n] Dreigroschen-Finale« und noch einmal Jenny vor dem »Salomon-Song«).

Im Abschnitt »Über das Singen der Songs« seiner *Anmerkungen zur »Dreigroschenoper«* betont Brecht, der Schauspieler vollziehe, indem er singe, »einen Funktionswechsel. Nichts ist abscheulicher, als wenn der Schauspieler sich den Anschein gibt, als merke er nicht, daß er eben den Boden der nüchternen Rede verlassen hat und bereits singt.« (GBA, Band 24, S. 65) Gut für den Schauspieler sei es, »wenn die Musiker während seines Vortrags sichtbar sind, und gut, wenn ihm erlaubt wird, zu seinem Vortrag sichtbar Vorbereitungen zu treffen (indem er etwa einen Stuhl zurechtrückt oder sich eigens schminkt usf.)«. Wichtig sei, »daß ›der Zeigende gezeigt wird‹ « (ebenda, S. 66). In dem 1937 entstandenen kurzen Text *Aufbau der »Dreigroschenopern«-Bühne* erklärt Brecht im gleichen Sinne für entscheidend, dass »der Unterschied zwischen ihrem Aussehen beim Spiel und ihrem Aussehen beim Song« möglichst groß sei (GBA, Band 24, S. 70).

Der von Brecht geforderte Funktionswechsel der Schauspieler beim Vortrag von Songs ist in der *Dreigroschenoper* in verschiedenen Abstufungen realisiert. Im Extremfall treten die Schauspieler, wie gesehen, vor den Vorhang. Den Normalfall bildet die durch die oben bereits zitierte Standardanweisung – »*Songbeleuchtung […]*« – markierte zeitweilige Umwandlung der jeweiligen Szenerie in eine dem Geschehen entrückte Songbühne. Es gibt aber auch zwei Fälle – das Melodram (Musik und gesprochener Text) und Liebesduett am Ende des zweiten Bilds und Pollys wehmütiger Gesang am Ende des vierten Bilds –, bei denen eine solche Abgrenzung fehlt und genau das passiert, was Brecht als abscheulich bezeichnet hat, dass nämlich der Dialog gleichsam unmerklich in Gesang übergeht. Betrachtet man diese Stellen, so kommt allerdings nicht der Verdacht auf, dass dem Autor hier eine Nachlässigkeit oder ein ›handwerklicher Fehler‹ unterlaufen sei. In beiden Fällen handelt es sich um Situationen, in denen ›der Stückeschreiber‹ aufgesetzte Gefühle, sentimentales ›bürgerliches‹ Liebesglück beziehungsweise rührseligen ›bürgerlichen‹ Liebesschmerz bloßstellen will. Das wird in der ersten Situation besonders deutlich gekennzeichnet, wenn Macheath mit den folgenden Worten eine ›zärtliche Stimmung‹ herstellt, worauf denn eben auch prompt und übergangslos die Musik einsetzt: »Und jetzt muß das Gefühl auf seine Rechnung kommen. Der Mensch wird ja sonst zum Berufstier. Setz dich, Polly!« (S. 34)

»Die Dreigroschenoper«: Strukturübersicht

Szene	Zeit, Ort und Handlung	Songs
Vorspiel		»Die Moritat von Mackie Messer« (Moritatensänger)
1 (I,1)	Mittwochmorgen. Zentrale von »Bettlers Freund«: Peachums Geschäftsmodell. Polly Peachum geht eigene Wege. Vor dem Vorhang, außerhalb der Szene:	»Der Morgenchoral des Peachum« (Peachum) »Der Anstatt-dass-Song« (Herr und Frau Peachum)
2 (I,2)	Mittwoch (nachmittags?). Verlassener Pferdestall in Soho: Hochzeitsfeier von Macheath und Polly Peachum, untergliedert durch Auftritte von Pastor Kimball und Polizeichef Tiger-Brown.	Eingestreut: »Das Hochzeitslied für ärmere Leute« (Mitglieder der »Platte«); »Die Seeräuber-Jenny« (Polly); »Der Kanonen-Song« (Macheath und Tiger-Brown); [Am Ende: Melodram und Liebesduett] (Macheath und Polly)
3 (I,3)	Donnerstagmorgen. Zentrale von »Bettlers Freund«: Die Reaktion der Eltern Peachum auf die Nachricht von Pollys Heirat. Eingelagert: Peachum fertigt einige seiner Angestellten ab.	»Pollys Lied« [»Barbara-Song«] (Polly) »Erstes Dreigroschen-Finale«: »Über die Unsicherheit menschlicher Verhältnisse« (Herr und Frau Peachum mit Polly)
4 (II,1)	Donnerstagnachmittag. Der Pferdestall in Soho: Polly warnt Macheath; er überträgt ihr für die Zeit seiner Abwesenheit die Leitung des Geschäfts.	[Am Ende: Abschiedslied] (Polly)
Zwischenspiel	Donnerstagnachmittag. Irgendwo (außerhalb der Szene): Frau Peachum fordert Jenny auf, Macheath der Polizei auszuliefern.	»Die Ballade von der sexuellen Hörigkeit« (Frau Peachum)
5 (II, 2)	Donnerstagnachmittag. Hurenhaus in Turnbridge: Macheath weicht nicht von seinen Gewohnheiten ab. Macheath wird verhaftet.	»Die Zuhälterballade« (Macheath und Jenny)

6 (II, 3)	Donnerstag (abends?). Gefängnis in Old Bailey: Macheath wird eingesperrt. Macheath erhält Besuch von Lucy und Polly. Eskalation der Auseinandersetzung zwischen Lucy und Polly; Auftritt Frau Peachum, die Polly wegbringt; Lucy verhilft Macheath zur Flucht; Brown erhält Besuch von Peachum, der damit droht, die Krönungsfeierlichkeiten am nächsten Morgen zu sabotieren. Vor dem Vorhang, außerhalb der Szene:	»Die Ballade vom angenehmen Leben« (Macheath) »Das Eifersuchtsduett« (Lucy und Polly) »Zweites Dreigroschen-Finale«: »Denn wovon lebt der Mensch?« (Macheath und Jenny)
7 (III, 1)	Nacht von Donnerstag auf Freitag, um 3 Uhr in der Frühe. Zentrale von »Bettlers Freund«: Vorbereitungen für die geplante Demonstration des Elends; Jenny erscheint mit den Huren, um ihren Judaslohn zu kassieren. Missglückte Razzia der Polizei bei Peachum; in seiner Not verspricht Brown, Macheath erneut verhaften zu lassen. Eingelagert: Vor dem Vorhang, außerhalb der Szene:	Dritte Strophe der »Ballade von der sexuellen Hörigkeit« (Frau Peachum) »Das Lied von der Unzulänglichkeit menschlichen Strebens« (Peachum) »Salomon-Song« (Jenny)
8 (III, 2)	Freitagmorgen, kurz vor fünf Uhr. Lucys Mädchenzimmer in Old Bailey: Pollys Besuch bei Lucy. Am Ende hinter der Szene erneute Einlieferung von Macheath ins Gefängnis. Auftritt Frau Peachum mit Witwenkleid für Polly.	
9 (III, 3)	Freitag morgen, 5 bis 6 Uhr. Gefängnis in Old Bailey: Vergebliche Versuche von Macheath, durch Bestechung noch einmal davonzukommen; Abschiedsbesuche und ›Henkersmahlzeit‹; Macheath hält letzte Abrechnung mit Brown. Eingestreut: Einlass der Besucher. Abschiedsworte von Macheath. Gang zum Galgen. Überraschende Ankündigung durch Peachum, dass Macheath doch nicht aufgehängt wird. Ankunft des reitenden Boten des Königs. Verkündigung der königlichen Gnade, Jubel und nachdenkliche Schlussworte.	Strophen aus dem »Ruf aus der Gruft« (Macheath) »Ballade, in der Macheath jedermann Abbitte leistet« (Macheath) »Drittes Dreigroschen-Finale«: »Horch«-Rufe Schlussgesang (alle)

So gut wie alle Mitwirkenden dürfen mindestens einmal singen, nur die Nebenrollen des Bettlers Filch, des Konstablers Smith und des Pastors Kimball sowie die eher gruppenweise auftretenden Darsteller der Huren, Bettler und Polizisten werden nicht bedacht. Die Darsteller der tragenden Sprechrollen kommen dabei am meisten zum Zuge: Macheath singt siebenmal (den »Kanonen-Song«, das titellose Melodram und Liebesduett am Ende des zweiten Bilds, die »Zuhälterballade«, die »Ballade vom angenehmen Leben«, das Zweite Dreigroschen-Finale, den »Ruf aus der Gruft« und die »Ballade, in der Macheath jedermann Abbitte leistet«), davon allerdings nur dreimal als Solist. Polly singt sechsmal (das Lied von der »Seeräuber-Jenny«, das titellose Melodram und Liebesduett am Ende des zweiten Bilds, »Pollys Lied«, das Erste Dreigroschen-Finale, das titellose wehmütige Liedchen am Ende des vierten Bilds und das »Eifersuchtsduett«), davon ebenfalls dreimal als Solistin. Herr Peachum singt viermal (den »Morgenchoral des Peachum«, den »Anstatt-dass-Song«, das Erste Dreigroschen-Finale und das »Lied von der Unzulänglichkeit menschlichen Strebens«), davon zweimal als Solist. Frau Peachum singt dreimal (den »Anstatt-dass-Song«, das Erste Dreigroschen-Finale und die »Ballade von der sexuellen Hörigkeit«), davon einmal als Solistin. Das Gleiche gilt für die Spelunken-Jenny (»Die Zuhälterballade«, das Zweite Dreigroschen-Finale und den »Salomon-Song«). Tiger-Brown (»Der Kanonen-Song«) und seine Tochter Lucy (»Das Eifersuchtsduett«) sind jeweils einmal an einem Duett beteiligt und verschiedene Mitglieder von Macheaths Verbrecherbande, der »Platte«, singen in wechselnden Besetzungen Strophen des zynisch-versauten »Hochzeitslied[s] für ärmere Leute«. Am Ende singen »alle«, die auf der Bühne versammelt sind (und so reiht sich sogar Pastor Kimball doch noch unter die Sänger ein), den »Choral der Ärmsten der Armen«.

Lotte Lenya (1898 bis 1981) als Spelunken-Jenny in dem Spielfilm »Die 3 Groschen Oper« von Georg Wilhelm Pabst (1885 bis 1967), der am 19. Februar 1931 im Berliner Film-Lichtspieltheater Atrium uraufgeführt wurde.

Diese Gewichtung darf übrigens nicht überbewertet werden, wie die Aufführungsgeschichte der *Dreigroschenoper* zeigt, die Brechts eigenen offenen Werkbegriff spiegelt, nach dem ein Stück für jede neue Inszenierung Änderungen erfahren kann. So war die Darstellerin der Frau Peachum in der Uraufführungsfassung ohne solistischen Einsatz, da die »Ballade von der sexuellen Hörigkeit« auf ihren eigenen Wunsch hin gestrichen worden war. So hat der italienische Regisseur Giorgio Strehler 1973 in der zweiten seiner beiden gerühmten Inszenierungen der *Dreigroschenoper* das Lied von der »Seeräuber-Jenny« der Darstellerin der Polly weggenommen und dem Star seiner Aufführung, der Sängerin Milva in der Rolle der Spelunken-Jenny, als Auftrittsnummer überlassen.

Dass eine solche Umstellung überhaupt möglich ist, zeigt: Die *Dreigroschenoper* enthält neben Songs, die sehr wohl zum Verständnis oder Charakterprofil einer Figur beitragen, auch eine Reihe von Songs, die keinen unmittelbaren Bezug zu den Sprechrollen der jeweiligen Sänger aufweisen. Zur ersten Gruppe gehören »Der Morgenchoral des Peachum«, »Der Anstatt-dass-Song«, »Der Kanonen-Song«, »Die Zuhälterballade« und die »Ballade, in der Macheath jedermann Abbitte leistet«, zur zweiten »Das Hochzeitslied für ärmere Leute«, »Das Lied von der Unzulänglichkeit menschlichen Strebens«, der »Salomon-Song« und die drei Dreigroschen-Finales. Songs wie »Pollys Lied«, die »Seeräuber-Jenny«, die »Ballade von der sexuellen Hörigkeit«, das »Eifersuchtsduett« und der »Ruf aus der Gruft« stehen in ihrer konkreten Situationsbezogenheit einerseits und der Allgemeinheit ihrer jeweiligen Aussage andererseits zwischen diesen beiden Gruppen. Auf ihre je eigene Weise kommentieren jedoch alle Songs – schon durch ihre deutlich markierte Herauslösung aus dem Handlungsfluss – nicht nur die jeweilige Situation, sondern und vor allem das Geschehen als Ganzes. Sie entsprechen damit Margret Dietrichs vierter Grundform der epischen Technik, der oben erwähnten »Unterbrechung der Handlungsfolge durch reflektiv-kontemplative Elemente«.

Geschlossene Struktur oder Folge von Einzelbildern?

Anders verhält es sich mit der zweiten und dritten der von Dietrich konstatierten Grundformen, der Aufgliederung des Dramengeschehens in eine Folge von Bildern und dem Aufbrechen der chronologischen Präsentation des Geschehens. Zwar betont die Brecht-Forschung gerne die Einzelszenenstruktur der *Dreigroschenoper*. Im Grunde ist diese aber nicht sonderlich ausgeprägt. In fast aristotelischer Manier ist die durchaus dramatische Handlung zeitlich stark verdichtet (sie beginnt an einem Mittwochmorgen und endet zwei Tage später am frühen Freitagmorgen), was allein schon dafür sorgt, dass die Szenen in einen starken Zusammenhang zueinander geraten. Andere Stücke Brechts aus den Zwanzigerjahren sind in dieser Hinsicht viel epischer: So beginnt die Handlung von *Im Dickicht der Städte* am 8. August 1912 und endet am 27. November des gleichen Jahrs. Auch in *Mann ist Mann* dauert die Handlung mehrere Wochen. Brechts spätere Stücke, gerade seine berühmtesten wie *Leben des Galilei* (entstanden 1938/39) und *Mutter Courage und ihre Kinder* (entstanden 1939), entwerfen gar in Einzelbildern nicht selten das Panorama eines ganzen Lebens. Von einer solchen epischen Erzählhaltung kann in der *Dreigroschenoper* – in der Brecht, wie man sich bewusst halten muss, ja einen alten Stoff und dessen dramatische Gestaltung aufgriff – nicht die Rede sein. Hier ergibt sich, wie in der von Brecht abgelehnten ›dramatischen Form des Theaters‹, mit zwingender Notwendigkeit eine Situation (Szene) aus der anderen: Durch die Heirat von Macheath und Polly, die gleich in der ersten Szene drohend im Raum steht und schon in der zweiten Szene vollzogen wird, ist der dramatische Knoten geschürzt. Klar ist, dass Pollys Vater nicht ruhen wird, bis Macheath zur Strecke gebracht ist (auch wenn es ganz am Ende anders kommt, was aber für die Entfaltung der Handlung zunächst keine Rolle spielt). Aus dieser Dynamik ergibt sich alles übrige Geschehen. Wie eng die Szenen verzahnt sind, zeigt gleich der erste Akt: Das erste Bild endet mit der Feststellung, dass Polly »nicht nach Hause gekommen«, dass ihr Bett »unberührt« ist (S. 16). Diese Information erfüllt gewissermaßen die Funktion des ›Cliffhangers‹, eines Handlungselements am Ende einer Handlungssequenz, das die Spannung auf den Fortgang der Geschichte wachhält. Diese Neugier wird gleich in der nächsten Szene befriedigt, wenn der Zuschauer die Hochzeit zwischen Macheath und Polly miterlebt. Diese Hochzeit wiederum wirft natürlich die Frage auf, wie die Eltern sich zu diesem Faktum stellen werden; und so steht denn zu Beginn des dritten Bilds die Tochter nach vollzogener Hochzeitsnacht, noch in Mantel und Hut, unter der Tür ihres Elternhauses, woraufhin es zum erwarteten großen Krach mit allen Folgen, die sich wiederum daraus ergeben, kommt.

Beim Elternpaar Peachum kann man übrigens nicht nur an John Gays Figuren, sondern etwa auch an Lessings Galottis denken. Peachum ist genauso knorrig wie Odoardo Galotti, auch wenn seine Sorge um die Tochter ganz andere Gründe hat. Frau Peachum neigt zu derselben Kuppelei wie Claudia Galotti, weil sie ebenso wie diese von der glänzenden Erscheinung des Verehrers ihrer Tochter geblendet ist. Später bereut sie wie diese ihr unüberlegtes Handeln und kennt keine Furcht, wenn es darum geht, ihre Tochter aus den Klauen des Verführers zu reißen. Mit dem Hinweis auf diese Parallelen soll nicht gesagt werden, bei der *Dreigroschenoper* handle es sich um eine Variation von oder eine Parodie auf *Emilia Galotti* (1772), ein Stück, das immer für die Stringenz seines dramatischen Aufbaus bewundert worden ist. Die Ähnlichkeiten machen nur deutlich, dass Brecht bei der Bearbeitung von Gays *Beggar's Opera* auch Figurenkonstellationen mit übernahm, die zum Repertoire der von ihm als überlebt betrachteten ›dramatischen Form des Theaters‹ gehören.

Auch weist die *Dreigroschenoper*, gegen alle Konventionen des epischen Theaters, eine Exposition auf, also die Vorstellung der Hauptcharaktere in dem für sie typischen Umfeld und die Kennzeichnung des dramatischen Konflikts. Eine Exposition schafft die Voraussetzungen, nach denen später alles Weitere gleichsam gesetzmäßig abläuft. Das ist mit den Zielsetzungen des epischen Theaters natürlich nicht zu vereinbaren. Dennoch erfüllt der erste Akt der *Dreigroschenoper* alle Kriterien einer klassischen Exposition. Von der Schürzung des dramatischen Knotens war bereits die Rede. Auch die Vorstellung der drei Hauptfiguren, der beiden Widersacher

Peachum und Macheath sowie des zwischen ihnen stehenden Mädchens, erfolgt in sozusagen schulmäßiger Weise. Erst wird Peachum als Exponent des im Rahmen der Legalität operierenden Verbrechertums gezeigt, dann Macheath als Chef seiner eindeutig kriminellen Unterweltorganisation. Man kann sich an Schillers *Maria Stuart* (1800), ein weiteres Musterbeispiel der ›dramatischen Form des Theaters‹, erinnert fühlen, wo im ersten Akt Maria in ihrem Gefängnis, im zweiten Akt Elisabeth im königlichen Palast zu Buckingham gezeigt wird, bevor es dann zur Konfrontation kommt.

Brechts zentrale inhaltliche Forderungen an ein aus seiner Sicht zeitgemäßes – episches – Theater waren, dass der Zuschauer zum distanzierten, reflektierenden Betrachter gemacht (anstatt suggestiv in die Bühnenaktion hineingezogen) und zu Erkenntnissen getrieben wird (anstatt in Empfindungen zu verharren). Ob diese Forderungen in der *Dreigroschenoper* verwirklicht sind, lässt sich im Grunde nur im Selbstversuch erproben. Einige Argumente dafür und dagegen werden weiter unten im Abschnitt »Gehalt« (vgl. S. 77–86 dieses Bands) gegeneinander abgewogen.

2 Figuren

Brown

Brecht hat sich in seinen *Anmerkungen zur »Dreigroschenoper«* auch zu einigen Figuren des Stücks geäußert. Diese fast durchweg sarkastischen Äußerungen sind bewusst tendenziös, wie beispielsweise der Kommentar zum Polizeichef Brown zeigt:

> Der Polizeipräsident *Brown* ist eine sehr moderne Erscheinung. Er birgt in sich zwei Persönlichkeiten: als Privatmann ist er ganz anders als als Beamter. Und dies ist nicht ein Zwiespalt, trotz dem er lebt, sondern einer, durch den

> er lebt. Und mit ihm lebt die ganze Gesellschaft durch diesen seinen Zwiespalt. Als Privatmann würde er sich niemals zu dem hergeben, was er als Beamter für seine Pflicht hält. Als Privatmann könnte (und müßte) er keiner Fliege ein Haar krümmen … Seine Liebe zu Macheath ist also durchaus echt, gewisse geschäftliche Vorteile, die ihr entspringen, können diese Liebe nicht verdächtigen: das Leben beschmutzt eben alles … (GBA, Band 24, S. 62)

Diese ›Charakterisierung‹ beruht wesentlich auf zwei Stilmitteln, die für Brechts nichtliterarische Texte jener Jahre kennzeichnend sind: der pointierten, paradoxen Zuspitzung (»nicht ein Zwiespalt, trotz dem er lebt, sondern einer, durch den er lebt«) und der Generalisierung (»Und mit ihm lebt die ganze Gesellschaft durch diesen seinen Zwiespalt«). Auffällig ist dabei der Verzicht auf nähere Begründungen und Textbelege. Der sarkastische Ton etabliert eine Sprechinstanz, die den Verhältnissen vermeintlich illusionslos auf den Grund blickt und nur noch Spott und Verachtung für sie übrig hat. Widerspruch ist da schlecht möglich.

Blickt man jedoch auf Brechts Dramentext, so ist die konstatierte Spaltung der Figur in eine öffentliche und eine private Person nicht zu erkennen. Das liegt auch daran, dass Brown als Privatmann (etwa in seiner Eigenschaft als Lucys Vater) so gut wie nicht in Erscheinung tritt. Vor allem aber verhält sich Brown in jeder Situation nach dem gleichen Muster: Er ist seinem alten Kumpel Macheath in sentimentaler Weise zugetan und steht auch sichtlich unter dessen Pantoffel, ohne dabei aber einen Augenblick seinen geschäftlichen Vorteil aus dem Auge zu verlieren. Wie private Verbundenheit und kriminelle geschäftliche Partnerschaft unauflöslich miteinander verquickt sind, zeigt exemplarisch die ›Abrechnungsszene‹ im letzten Bild. Dass Brown bereit ist, sich durch seinen Besuch auf der Hochzeitsfeier von Macheath zu kompromittieren, beweist, wie sehr er unter dessen Einfluss steht. Als Macheath ihm die Mitglieder seiner Bande vorstellt, bemerkt er »*gequält:* Ich bin doch privat hier, Mac.« (S. 30) Nicht Macheath, der auf Protektion angewiesene Räuber, bemüht sich um die Gunst des korrupten Staatsbeamten, wie es eigentlich zu erwarten wäre, sondern der gutsituierte Polizeichef tut so gut wie alles, um sich die Zuneigung seines Gauner-Freunds zu erhalten – obwohl er, wie ja im Verlauf der Handlung auch seine wiederholten Konfrontationen mit Peachum zeigen, durch seine Verbindung zu Macheath viel mehr zu verlieren als zu gewinnen hat. Das ist, wenn man so will, wiederum eine hübsche Pointe; eine realistische Gesellschaftsanalyse ist es aber nicht. Brechts Hinweis, Brown würde sich als Privatmann »niemals zu dem hergeben, was er als Beamter für seine Pflicht hält«, nämlich Macheath verhaften zu lassen, geht entsprechend ebenfalls an der Sache vorbei: Brown geht ja jeweils erst gegen Macheath vor, wenn er selbst gewissermaßen mit dem Rücken zur Wand steht, und leidet dann ›fürchterlich‹ unter diesem ›Verrat‹. Von Pflichtbewusstsein im Amt kann also keine Rede sein.

Tiger-Brown, der sehr weitgehend Brechts Erfindung ist – er tritt an die Stelle von John Gays Gefängnisaufseher Lockit, der mit Peachum Geschäfte macht –, funktioniert überzeugend und witzig als Slapstick-Figur, wie sie das zeitgenössische Publikum aus frühen Filmkomödien mit Komikern wie Charlie Chaplin (1889–1977) oder Buster Keaton (1895–1966) kannte und liebte. Heute finden sich ähnlich angelegte Figuren vor allem in Comics oder Zeichentrickfilmen für Kinder. Das ist nicht abschätzig gemeint, denn gute Komik ist auch Kunst. Aber natürlich leben solche Figuren von stereotypen Charakterdefekten, die auch schlichtere Gemüter erfassen können. Eine tiefer bohrende Gesellschaftskritik jenseits dessen, ›was ohnehin jeder weiß‹ – dass die Polizei korrupt ist, dass Männerkumpanei stärker verpflichtet als ein Amtseid und das Allgemeinwohl, dass sich, wenn es hart auf hart kommt, jeder selbst der Nächste ist, und so fort –, ist auf solcher Basis nicht zu leisten.

Macheath

Macheath ist der König der Unterwelt Londons. Er hat sich den Namen ›Mackie Messer‹ erworben, der mit Schrecken genannt wird, aber auch eine gewisse Volkstümlichkeit bezeugt. Über seine Untaten kursieren viele unbestätigte Geschichten, wie sie die »Moritat von Mackie Messer« aufzählt, die das Stück eröffnet. Macheath steht also gleich als der große Verbrecher, der im Schatten agiert und von dem man mit wohligem Gruseln spricht, im Zentrum der Aufmerksamkeit. Als er am Ende des Vorspiels schnell den Platz überquert, lüftet die Spelunken-Jenny, die einst mit ihm zusammen war und für ihn angeschafft hat, frech sein Inkognito. Aber da ist er schon wieder verschwunden.

Im ersten Bild wird dieses Agieren aus dem Dunkel heraus an einem konkreten Beispiel vorgeführt. Ein geheimnisvoller Verehrer Pollys bedroht den Familienfrieden der Peachums und vor allem die Geschäfte des Familienoberhaupts. Es handelt sich um Macheath. Diese anfängliche Charakterisierung durch Dritte sowie durch bezeichnendes Handeln, von dem vorläufig nur berichtet wird, ist übrigens ein bewährtes Mittel zur Einführung der Hauptfigur im traditionellen Drama. Erwartungen werden aufgebaut, die Spannung wird gesteigert, bis die Figur endlich selbst auftritt und sich der Zuschauer ein eigenes Bild von ihr machen kann.

Das geschieht in der *Dreigroschenoper* im zweiten Bild. Hier bestätigt sich, dass Macheath ein brutaler und skrupelloser Bandenchef ist. Zugleich zeigt sich aber auch, dass er daneben

Pierre Besson (Macheath) und Norman Schenk (Brown) in Johanna Schalls Inszenierung am Maxim Gorki Theater Berlin (2004).

den Ehrgeiz hat, gleichsam als Gentleman-Verbrecher zu gelten. Er hält sehr auf Bildung (nicht ohne sich selbst dabei manche Bildungsschnitzer zu erlauben), guten Geschmack, respektvollen Umgang mit seiner Braut und Essmanieren und lässt die ungehobelteren Mitglieder seiner »Platte« bei jeder Gelegenheit seine Verachtung spüren: »Meine Direktive lautete: Blutvergießen ist zu vermeiden. [...] Ihr werdet nie Geschäftsleute werden! Kannibalen, aber keine Geschäftsleute!« (S. 19) Diese Zurechtweisung fehlt übrigens noch in der Fassung der Uraufführung. Sie gehört in eine Reihe kleiner Textergänzungen, die Brecht in die Druckfassung von 1932 (im Heft 3 der *Versuche*) einfügte. Sie geben der Figur des Macheath ein etwas verändertes Profil: Er erscheint nun als jemand, der seinen Abschied aus der Welt der offenkundigen Kriminalität vorbereitet, um in die Welt der bloß verdeckten Kriminalität, der nach außen hin legalen kriminellen Machenschaften hinüberzuwechseln. Er strebt also an, was Peachum schon erreicht hat, dem die Polizei nichts anhaben kann. Er will sogar höher hinaus als Peachum, dorthin, wo das ganz große Geld zu verdienen ist (damals wie heute): ins Bankgeschäft. Das vertraut er seiner Frau Polly im vierten Bild an, als er ihr vorübergehend »die Leitung des Geschäfts« (S. 46) übergibt: »Den Reingewinn schickst du weiterhin an das Bankhaus Jack Poole in Manchester. Unter uns gesagt: es ist eine Frage von Wochen, daß ich ganz in das Bankfach übergehe. Es ist sowohl sicherer als auch einträglicher.« (S. 47) Solche Ergänzungen sollten natürlich auch das gesellschaftskritische Profil des Stücks schärfen. Das gilt auch für den folgenden Textzusatz im gleichen Bild: Macheath attackiert Matthias, weil dieser öffentlich hat durchblicken lassen, »die Inbrandsteckung des Kinderhospitals in Greenwich« gehe (wie es auch tatsächlich der Fall ist) auf seine Rechnung. Das kann Macheath nicht dulden. »Mac *deutet mit einer Geste das Aufknüpfen an:* Du kommst schon hoch, wenn du meinst, du kannst mit mir konkurrieren. Hat man je gehört, daß ein Oxfordprofessor seine wissenschaftlichen Irrtümer von irgendeinem Assistenten zeichnen läßt? Er zeichnet selbst.« (S. 49) Diese Textergänzung macht drastisch deutlich, dass Macheath' Entschluss, künftig ›legale Geschäfte‹ zu machen, keineswegs auf ›plötzliche Zimperlichkeit‹ oder gar moralische Läuterung zurückzuführen ist. Er agiert vielmehr so skrupellos und brutal wie eh und je. Als Geschäftsmann, gibt Brecht zu verstehen, benötigt Macheath ebendiese Skrupellosigkeit, die er als König der Unterwelt erworben hat; und nebenbei bekommt auch der Wissenschaftsbetrieb, in der die mächtigen Professoren sich die Leistungen des akademischen Fußvolks aneignen, sein Fett weg.

Durchgehend ist ferner Brechts Bemühen, Macheath als Bürger zu zeichnen. Im Januar 1935 erläuterte er in einem Brief an George Grosz (1893–1959), der Zeichnungen zur *Dreigro-*

schenoper anfertigen sollte: »Hauptlinie: *Die Räuber sind Bürger.* / Die Bettler haben Sparkassenbücher in der Tasche. Auch die Räuber.« (GBA, Band 28, S. 484) Brecht ging es darum, bürgerliche Werte als prätentiös und innerlich hohl bloßzustellen. Kennzeichnenderweise äußert sich Macheath' Bürgerlichkeit vor allem in seiner Weigerung, auf den Besuch im Puff zu verzichten, der bei ihm jeden Donnerstag auf dem Programm steht (vgl. S. 53). Daran ändert auch die am Vortag geschlossene Ehe nichts; ebenso wenig das konkrete Risiko, dass ihm seine Gewohnheit zum Verhängnis wird.

Wie ein tragischer Held des bürgerlichen Theaters begibt sich Macheath also sehenden Auges in Gefahr. Die Umstände wecken allerdings keine Bewunderung, sondern lassen ihn nur als lächerlich erscheinen, zumal er aus der Erfahrung des ersten Verrats durch Jenny keineswegs klug wird, sondern nach seiner Flucht gleich wieder zu den Huren läuft, um gleich wieder verraten und verhaftet zu werden. Abgemildert wird diese Lächerlichkeit, wenn man es so sehen will, allerdings durch die zweite Begründung, die Brecht durch den Liedvortrag der Frau Peachum für Macheath' Verhalten gibt: »Wer kocht ihn ab, der alle abkocht? Weiber. / Ob er will oder nicht – er ist bereit. / Das ist die sexuelle Hörigkeit.« (S. 51) Diese Botschaft ist sinnigerweise in der Mitte des Stücks platziert – also dort, wo die klassische Tragödie ihren Höhepunkt erreicht, die Peripetie, die den ›Glückswechsel‹ des Helden markiert. Die implizite These lautet demnach: Der Sexualtrieb des Mannes, der stärker ist als alle vernünftige Überlegung, übernimmt in der *Dreigroschenoper* die Funktion, die in der klassischen Tragödie die Verstrickung des schuldlos schuldig werdenden Helden in ein unentrinnbares Schicksal einnimmt. Diese Parallelisierung bietet auch keine Einsicht in die Machtmechanismen bürgerlich-kapitalistischer Gesellschaften, ist aber zweifellos erneut eine witzige und zielsichere Pointe.

Peachum

Herr Peachum ist ein berechnender Mensch. Aus diesem Hauptzug seines Charakters bezieht er seine Kaltblütigkeit und Überlegenheit, die sich vor allem im Umgang mit dem Polizeichef Brown zeigt, den er wiederholt mühelos ›in die Tasche steckt‹: einmal in der im Bühnengeschehen ausgesparten Konfrontation, die in die Zeit zwischen dem Ende des ersten und dem Beginn des zweiten Akts fällt und von der Polly Macheath im vierten Bild berichtet (vgl. S. 45); ein zweites Mal, als Peachum am Ende des zweiten Akts, kurz nach der Flucht von Macheath, im Gefängnis von Old Bailey auftaucht und Brown mit seiner ›Erinnerung‹ an »einen historischen Vorfall« (S. 68) aus der altägyptischen Geschichte droht, seine Karriere zu beenden (vgl. S. 67–69); und ein drittes Mal, als er den Gegenschlag von Brown zu Beginn des letzten Akts abwehrt und erreicht, dass der Polizeichef seinen Busenfreund Macheath ein zweites Mal verhaften lässt (vgl. 7. Bild, S. 74–79).

Diese Konfrontationen zwischen Peachum und Brown machen zudem deutlich: Peachum bekämpft seinen Widersacher Macheath nicht direkt, sondern er zieht als kühl kalkulierender Geschäftsmann, der sich keine Blöße gibt und sich nicht selbst die Hände schmutzig macht, lediglich im Hintergrund die Fäden. Das ist zumindest wohl der ›kapitalismuskritische‹ Hintersinn der durchgehenden Peachum-Brown-Handlung, auch wenn Peachums Vorgehen, seine Intrige (Macheath anzeigen und die auf ihn ausgesetzte Belohnung kassieren), letztlich so slapstickhaft simpel ist wie alle anderen Pläne und Aktionen in der *Dreigroschenoper.* (Ein gutes Beispiel in dieser Hinsicht, das beweist, dass es sich hier um ein bewusstes Stilmittel zur Steigerung des komischen Effekts handelt, ist die Flucht von Macheath aus dem Gefängnis, die wie eine Kombination von absurdem Theater und aufgeregt-wildem Kindergeburtstagstreiben anmutet; vgl. S. 67.)

Gert Fröbe als Peachum in dem deutsch-französischen Spielfilm »Die Dreigroschenoper« (1962) von Wolfgang Staudte.

Sprachlich findet Peachums Überlegenheit in dem fast durchgehenden Sarkasmus seiner Rede ihren treffenden Ausdruck. Besonders ätzend und genüsslich ist dieser Sarkasmus, wenn er Brown in die Enge treibt: »Sie halten sich wunderbar. Ich würde in Ihrer Lage einfach zusammenbrechen, ins Bett kriechen und heißen Tee trinken.« (6. Bild, S. 68) »Ihr Plan, Brown, war genial, aber undurchführbar.« (7. Bild, S. 77) Sein Sarkasmus ist ihm so in Fleisch und Blut übergegangen, dass er ihn sogar auf sich selbst zu beziehen vermag – er hilft ihm in der einzigen Situation, in der er die Fassung verlieren könnte, Haltung zu bewahren. Als Polly ihre Heirat mit Macheath gesteht, kommentiert er: »So, eine Verbrecherschlampe ist sie geworden. Das ist schön. Das ist angenehm.« (3. Bild, S. 37)

Die ohne das Einverständnis und sogar ohne das Wissen der Eltern vollzogene Heirat der Tochter trifft Peachum an seiner einzigen verwundbaren Stelle: seiner irrational gesteigerten Angst vor geschäftlichem Misserfolg und materieller

Verelendung. Bei aller Theatralik, mit der er die düstere Zukunft ausmalt, »[w]enn ich meine Tochter, die die letzte Hilfsquelle meines Alters ist, wegschenke« (S. 37), schwingt hier doch echte Beunruhigung mit (vgl. auch die Überschrift zum dritten Bild, S. 34); und so ist es vermutlich auch wörtlich zu nehmen, wenn Matthias während der Hochzeitsfeier von Macheath und Polly auf die arrogante Nachfrage seines Chefs hin, wer Herr Peachum sei, antwortet: »Er selber wird sagen, daß er der ärmste Mann in London sei.« (2. Bild, S. 18) Brecht führt Peachum als Prototyp beziehungsweise Klischeebild des kapitalistischen Unternehmers vor, der mit allen Wassern gewaschen ist, überall skrupellos seinen Vorteil sucht und auch erlangt und dennoch von der ständigen Sorge getrieben ist, einstmals am Hungertuch zu nagen – eine Angst, die er auch gar nicht als irrational in sich zu bekämpfen sucht, sondern vielmehr sorgsam pflegt, weil sie ihm ja zur Rechtfertigung seiner Geschäftspraktiken (›das Leben ist hart, die Welt da draußen ein Dschungel‹) und zur weiteren Ausbeutung seiner Angestellten dient. Peachum ist der Dagobert Duck der *Dreigroschenoper.*

Frau Peachum

Während Vater Peachum sich auf die Nachricht von der Heirat Pollys hin in seinen Sarkasmus rettet, flüchtet sich Frau Peachum in eine Ohnmacht: »Ich werde verrückt. In meinem Kopf schwimmt alles. Ich kann mich nicht mehr halten.« (3. Bild, S. 37) Wenn Frauen, insbesondere Müttern, in der Literatur die Sinne schwinden, steht das oft zeichenhaft für weibliche Handlungsohnmacht. Möglicherweise spielt Brecht bewusst mit diesem Ausdrucksmittel, um in der Folge die konventionelle Erwartung des Zuschauers zu düpieren; denn Frau Peachum ist alles andere als zimperlich und handlungsohnmächtig. Sie ist vielmehr zupackend und grob: Im sechsten Bild spürt sie Polly bei Macheath im Gefängnis auf, nennt sie eine »Dreckschlampe« (S. 66), verpasst ihr eine Ohrfeige und zerrt sie mit sich. Überdies ist sie dem Alkohol zugetan (vgl. S. 37) und kennt keine Berührungsängste gegenüber dem Milieu der Huren, um das jede sittsame bürgerliche Hausfrau einen großen Bogen machen würde. Während ihr Mann den Polizeichef bearbeitet, bringt sie die Spelunken-Jenny dazu, Macheath gegen Geld zu verraten. In der »Ballade von der sexuellen Hörigkeit« stellt sie unter Beweis, dass sie sich über die Männer keine Illusionen macht und dass sie auch beim Sprechen über Sexualität kein Blatt vor den Mund nimmt. Konventionelle Hemmungen kennt sie nicht (anders als etwa ihre Darstellerin in der Uraufführungsbesetzung, die sich weigerte, den freizügig-derben Song vorzutragen). Als Macheath, den sie mit ihrem Mann an den Galgen gebracht hat, zuletzt überraschend begnadigt und von der Königin mit Titeln und materiellen Wohltaten überhäuft wird, ist sie die Erste, die alle Vorbehalte gegen den Schwiegersohn fallen lässt, der ihr schon ganz zu Anfang als Verehrer ihrer Tochter aufgrund seines glänzenden Äußeren imponiert hatte (vgl. 1. Bild, S. 14 f.): »So wendet alles sich am End zum Glück.« (9. Bild, S. 97) Eine prall gefüllte Geldbörse stellt für sie, wie für ihren Mann, den höchsten aller Werte dar.

Polly

Pollys Persönlichkeit ist aus disparaten (schwer vereinbaren) Elementen zusammengesetzt: Einerseits ist sie ein ›sentimentales junges Ding‹, das sich wie angeblich alle Mädchen nach großen Gefühlen und romantischer Liebe sehnt, auf der anderen Seite aber auch eindeutig die Tochter ihres gefühlskalten, kühl kalkulierenden Vaters. Dem elterlichen Druck in Bild 3 hält sie genauso gelassen stand wie ihr Vater dem Druck durch die Polizei (in Bild 7). Während die Eltern sie mit Vorwürfen überhäufen, bleibt sie gut gelaunt: *»Sie hat während der ganzen Szene ein sehr glückliches Aussehen.«* (S. 38)

Auch während der Hochzeit in einem eilig ausdrapierten Pferdestall bewährt sich Pollys sonniges Gemüt. Zunächst ist sie deprimiert (»*weint:* Die vielen armen Leute, wegen der paar Möbel. […] Ach Mac! Ich bin ganz unglücklich!« S. 19), dann heitert sich ihre Stimmung aber angesichts der schönen (zusammengeraubten) Geschenke bald auf (»Die [riesenhafte Chippendale-Standuhr] ist großartig. Ich bin so glücklich.« S. 22) und sie trägt kurzentschlossen selbst zum dürftigen Festprogramm bei. Auch im vierten Bild präsentiert sie sich einerseits empfindsam und mitleidig, um dann übergangslos in Macheath' Rolle des skrupellosen und autoritären Bandenchefs zu schlüpfen: »Aber, Mac! Kannst du ihnen denn in die Augen schauen, wenn du sie durchgestrichen hast und sie so gut wie gehängt sind?« (S. 47) »Du Sauhund, du fängst ja gut an. *Schreit:* Natürlich ist das nicht gegen mich gerichtet!« (S. 48) Dasselbe Muster zeigt sich noch im Schlussbild, nun gegenüber Macheath, der ihr in der kurzen Frist von anderthalb Tagen so viele Enttäuschungen und Demütigungen bereitet hat: Er war, gegen sein ausdrückliches Versprechen, wiederholt bei den Huren, er hat sie in Gegenwart ihrer Rivalin Lucy als seine Ehefrau verleugnet und sich nach seiner Flucht nicht bei ihr gemeldet (allerdings ebenso wenig bei Lucy). Nun, da er in wenigen Minuten gehängt werden soll, bedauert sie einerseits sein hartes Schicksal, will aber andererseits das von ihm und seinen Leuten zusammengeräuberte Geld, das nun in ihrer Hand ist, nicht herausrücken, um ihm aus der Patsche zu helfen (vgl. 9. Bild, S. 90). Wer allerdings aus ihren Ausdrücken der Anteilnahme eine starke Abkühlung ihrer Gefühle für Macheath heraushören möchte (»Wie geht es dir denn? Bist du sehr kaputt? Es ist schwer! […] Mackie, bist du sehr nervös? […] Ich verstehe das gar nicht. Du warst doch immer

Chistina Drechsler als Polly und Stefan Kurt als Macheath in Robert Wilsons Inszenierung der »Dreigroschenoper« am Berliner Ensemble im Jahre 2007.

ganz gesund eigentlich.« S. 90), muss erklären können, warum sie eine Stunde früher auf die Nachricht von Macheath' Verhaftung hin noch geklagt hat, jetzt sei alles aus (vgl. 8. Bild, S. 85), und warum sie wenige Minuten später, nach der Begnadigung ihres Gatten und seiner Überschüttung mit Titeln und Reichtümern, jubelt: »Gerettet, mein lieber Mackie ist gerettet. Ich bin sehr glücklich.« (S. 97) Die Antwort ist so einfach wie immer und lautet: Geld macht die Kapitalisten froh. Der Glückswechsel führt unmittelbar zum Gefühlswechsel. Polly steht so prototypisch für das Bild von der vergnügungssüchtigen Jugend der ›Goldenen Zwanzigerjahre‹, die aufgrund von verstörenden Erfahrungen in den Nachkriegsjahren zugleich sentimental und desillusioniert, empfindsam und zynisch war und jedenfalls die Lektion gelernt hatte, dass allein das Materielle die Welt regiert. Nicht zuletzt in dieser Figur erkannten die Theaterbesucher ihre eigene Lebenswelt wieder.

Jenny

Dass alles käuflich ist, demonstriert auf andere Weise auch die Figur der Spelunken-Jenny. Als Hure zählt sie zu den Außenseitern der Gesellschaft. Daher gehört ihr die Sympathie des ›Stückeschreibers‹ und des seiner Sympathielenkung folgenden Publikums. Sie verrät Macheath, der früher einmal ihr Liebhaber und Zuhälter war (vgl. 5. Bild, S. 55 f.). Bei seiner zweiten Verhaftung kann man nicht von vorsätzlichem Verrat sprechen (vgl. 7. Bild, S. 72 f.), auch wenn Brecht das im Titel des letzten Bilds (vgl. S. 86) anders zu werten scheint. In der Brecht-Forschung ist sogar oft von dreimaligem Verrat die Rede – Jennys Ausruf »Das war Mackie Messer!« am Ende des Vorspiels wird dann ebenfalls als ein solcher gewertet –, um eine parodistische Parallele zum dreimaligen Verrat Jesu Christi durch seinen Jünger Petrus konstatieren zu können.

Aber dieser Tauschhandel Mensch gegen Geld ist ja ohnehin Jennys tägliches Brot. Sie verkauft sich an ihre Kunden, früher hat Macheath sie an die Freier verkauft, nun verkauft sie eben ihn an die Polizei. Das ist der Lauf der Welt und auch Macheath nimmt es zwar verblüfft zur Kenntnis, trägt es aber mit Fassung: »Daß Jenny mich angegeben haben soll«, sagt er in seiner Ansprache vor dem Gang zum Galgen, »erstaunt mich sehr. Es ist ein deutlicher Beweis dafür, daß die Welt sich gleichbleibt.« (9. Bild, S. 94) Ihr Verrat hält Jenny auch nicht ab, weiterhin mit einer gewissen Hochachtung von Macheath zu sprechen – »Dem können Sie [Peachum] nicht das Wasser reichen. [...] Das ist der letzte Gentleman in London« (7. Bild, S. 72 f.) – und ihm zusammen mit den anderen Huren, anders als die meisten Mitglieder seiner »Platte«, durch ihre Anwesenheit bei seiner Hinrichtung noch ein letztes Mal ihren Respekt zu erweisen (vgl. 9. Bild, S. 94). So erscheint gerade die Figur, die Macheath verrät und verkauft, als vergleichsweise moralisch intakt und ›eine ehrliche Haut‹.

3 Gehalt

»Gemessen an der Vielzahl von *Dreigroschenoper*-Aufführungen«, schrieb Dieter Wöhrle 1996, erstaune »die geringe Zahl an detaillierten Einzelanalysen, die diesem Stück gelten«. Die *Dreigroschenoper* sei sicher das bekannteste Werk Brechts und spiele »dennoch in der Forschung nur eine marginale Rolle« (Wöhrle, S. 55). An diesem Befund hat sich bis heute wenig geändert. Offenbar bereitet das Stück den Brecht-Forschern eine gewisse Verlegenheit. Kein Werk Brechts war erfolgreicher und Brecht selbst hat diese Ausnahmestellung noch betont. Die Literaturwissenschaft hat seine im Exil entstandenen Stücke kanonisiert und wieder und wieder interpretiert. Brecht jedoch, dessen Karriere als Bühnenautor mit der Machtübernahme der Nationalsozialisten und seinem Weggang aus Deutschland schweren und anhaltenden Schaden erlitt, sah sich auch im Rückblick (1947) in »der zweiten Hälfte der zwanziger Jahre [...] auf der Höhe meiner Laufbahn als Stückeschreiber« (GBA, Band 23, S. 59).

Durch diese Selbstwahrnehmung Brechts und durch die ungeheure Popularität der *Dreigroschenoper* beim Publikum hat das Stück einen äußeren Status erlangt, der in einem Missverhältnis zu seinem inneren Gewicht steht. Anstatt nun aber die eigentlich gut nachvollziehbaren Gründe für dieses Missverhältnis zu benennen – so lässt sich leicht begreifen, dass ein Werk durch seinen überwältigenden Erfolg auch in den Augen des Autors einen anderen Wert erhält –, neigt die Brecht-Forschung dazu, Brecht zu folgen und die *Dreigroschenoper* zu einem tiefschürfenden Meisterwerk der Gesellschaftskritik zu erklären, sich abschließend aber um plausible Begründungen für dieses Werturteil zu drücken. So heißt es im bezeichnenderweise ohnehin recht knappen Abschnitt »Analyse« des Artikels von Joachim Lucchesi über die *Dreigroschen-*

oper im fünfbändigen *Brecht-Handbuch* (2001), Brecht zeige »die kriminellen Unternehmungen von Bürgern« und meine »damit die Banken, das Großkapital, den staatlich sanktionierten Waffenhandel, die Korruptheit der Politiker, die Bestechungsaffären von Parteien und Politikern in großem Stil«. So sei die *Dreigroschenoper* »auch ein Stück über die Krankheiten einer alten bürgerlichen Ordnung [...] und deren ›Verjüngung‹ durch eine wesentlich verfeinerte, schwerer durchschaubarere [sic!], doch in der Substanz ›alt‹ gebliebene Verkehrsform«. Da Brecht die »Entwicklungsstadien« dieser ›verfeinerten, schwer zu durchschauenden Verkehrsform‹ (was immer damit gemeint ist) »seiner linken Kritik« preisgebe, lasse er » – unausgesprochen, aber dennoch deutlich für ein Schlüsse ziehendes Publikum – die Überlebtheit dieser Gesellschaft aufscheinen, in der die menschenverachtenden Verhältnisse nur durch einen in der *Seeräuber-Jenny* formulierten Umsturz aufgelöst werden« könnten (BHB 1, S. 209).

Solche Allgemeinheiten, die wenig Zusammenhang mit dem konkreten Text des Stücks aufweisen, sind kein Einzelfall, sondern beinahe die Regel. Auffällig ist die Tendenz, dem Leser zu suggerieren, Brecht biete dem Zuschauer in seinem Stück auf genial-einfache Weise den Schlüssel zum Verständnis der hochkomplizierten, im Dunkel wirkenden Machtmechanismen des spätbürgerlichen Kapitalismus. Diese Tendenz kommt etwa auch in den Zwischenüberschriften von Werner Hechts vergleichender Interpretation *»Die Dreigroschenoper« und ihr Urbild* zum Tragen: John Gays *Beggar's Opera* wird darin unter der Schlagzeile »1728: *Verkleidete Kritik an offenen Mißständen*« abgehandelt, Brechts *Dreigroschenoper* hingegen unter der Schlagzeile »1928: *Offene Kritik an verkleideten Mißständen*« (stm, S. 211 und 214). Hechts Aufsatz ist 1985 in dem vom Verfasser selbst herausgegebenen Band zur *Dreigroschenoper* in der Reihe ›suhrkamp taschenbuch materialien‹ erschienen. Er enthält in der Abteilung »Interpretationen« noch einen zweiten Beitrag, Boris Singermans *Zur Ästhetik der Montage*. Singerman charakterisiert die *Dreigroschenoper* als »ein Drama der Erwartung, der Vorahnung fataler und unausweichlicher Veränderungen«, und führt näher aus: »Wir sehen die Bühnenfiguren hier in jenem berauschenden und verwirrenden historischen Moment, in dem die drohende Gefahr der unwiderruflichen Veränderungen jedem klar ist, von denen indes niemand weiß, welche Richtung sie einschlagen werden.« Zur ästhetischen Struktur des Werks erfährt man, das »Thema dieses bedeutenden Theaterstücks der späten zwanziger Jahre« ergebe sich »aus der Montage verschiedenartigster Ideen und künstlerischer Elemente«. Die »künstlerischen Stilarten und Motive der *Dreigroschenoper*, die zwischen romantischem Pathos und zügellosem Zynismus schwanken, der Mangel an Motivation und die gegensätzlichen Verhaltensweisen der Charaktere« seien »sowohl ein Ausdruck jener Zeit, in der diese Oper entstand, als auch einer Zukunft, die noch kaum erkennbar war« (stm, S. 243 f.).

Einen scharfen Gegensatz zu solchen vagen Glorifizierungen bildet der Bericht, den der Literaturnobelpreisträger von 1981, Elias Canetti (1905–1994), im 1980 erschienenen zweiten Band seiner Autobiographie über seinen Besuch der Premiere der *Dreigroschenoper* gibt:

> Ende August war ich mit Ibby [Ibby Gordon, einer ungarischen Lyrikerin] bei der Premiere der ›Dreigroschenoper‹ gewesen. Es war eine raffinierte Aufführung, kalt berechnet. Es war der genaueste Ausdruck dieses Berlin. Die Leute jubelten *sich* zu, das waren sie selbst und sie gefielen sich. Erst kam *ihr* Fressen, dann kam ihre Moral, besser hätte es keiner von ihnen sagen können, das nahmen sie wörtlich. Jetzt war es gesagt, keine Sau hätte sich wohler

> fühlen können. Für Abschaffung von Strafe war gesorgt: der reitende Bote mit echtem Pferd. Die schrille und nackte Selbstzufriedenheit, die sich von dieser Aufführung ausbreitete, mag nur glauben, wer sie erlebt hat.
> Wenn es die Aufgabe der Satire ist, die Menschen zu peitschen, für das Unrecht, das sie vorstellen und begehen, für ihre Schlechtigkeiten, die zu Raubtieren heranwachsen und sich fortpflanzen, so fand sich im Gegenteil hier alles verherrlicht, was man sonst schamvoll versteckt: am treffendsten und wirksamsten verhöhnt war das Mitleid. Gewiß war alles bloß übernommen und mit einigen neuen Roheiten nur gewürzt worden, aber eben diese Roheiten waren daran das Echte. Eine Oper war es nicht, auch nicht, was es im Ursprung gewesen war, eine Verspottung der Oper, es war, das einzig Ungefälschte daran, eine Operette. Gegen die süßliche Form der Wiener Operette, in der die Leute ungestört alles fanden, was sie sich wünschten, war hier eine andere, Berliner Form gesetzt, mit Härten, Schuftigkeiten und banalen Rechtfertigungen dafür, die sie sich nicht weniger, die sie sich wahrscheinlich noch mehr als jene Süßigkeiten wünschten. (*Die Fackel im Ohr. Lebensgeschichte 1921–1931.* München und Wien: Carl Hanser Verlag 1980, S. 339 f.)

Canetti bestreitet nicht nur die in der Brecht-Forschung vorherrschende Behauptung, dass in der *Dreigroschenoper* »linke Kritik« an bestehenden Machtverhältnissen geübt werde; er gibt auch zu verstehen, was er – zumindest mit Blick auf die *Dreigroschenoper* – von dem Postulat der distanzschaffenden Wirkung der epischen Technik und der sich daraus ergebenden Aktivierung des Zuschauers und Förderung gesellschaftlich relevanter Erkenntnisse hält. Nach Canettis Eindruck hatte sich das Premierenpublikum nicht fachmännisch-kritisch an den von Brecht vermittelten Einsichten erfreut, sondern sich blind mit den Bühnenfiguren und ihren Handlungen identifiziert und euphorisch selbst gefeiert. Aus seiner Sicht bot das Stück keine Aufklärung, sondern im Gegenteil ein Alibi für rücksichtslosen Egoismus.

Diese Position ist vielleicht überakzentuiert, kommt der Wahrheit aber wohl näher als die zuerst vorgestellte. Dass die Wirkung des Stücks nicht aufklärerisch und gesellschaftskritisch war, hat im Übrigen auch Brecht nicht bestritten: »Was, meinen Sie, macht den Erfolg der ›Dreigroschenoper‹ aus? / Ich fürchte, all das, worauf es mir nicht ankam […]« (Selbstinterview, um 1933; GBA, Band 26, S. 299); und die Brecht-Forschung ist ihm auch hierin gefolgt. Strittig ist nur, ob diese Wirkung auf einem Missverständnis beruht oder ob sie im Gegenteil zeigt, was tatsächlich in dem Stück steckt. Jan Knopfs Formulierung, der Erfolg des Werks in Berlin sei »eine der letzten Objektivierungen der ›Goldenen Zwanziger‹, ihres faulen Zaubers, ihrer Illusionen« (Quelle wie unten, S. 63),

---

Man gab sich in lasziver, dekadenter Dreigroschenhaltung, das (gemeinte) Elend als gute Ausstattung tragend, die wonnigen Schauer des Untergangs vorauskostend, die Verhältnisse nehmend, wie sie waren, indem man aus ihnen die Rechtfertigung borgte, Lust und Genuß vor die Moral zu stellen, auszukosten, was es gab. Mackie Messer wurde umstilisiert zum Helden, der er nicht war, die Huren waren salonfähig, ja man gab sich selbst als Hure, um bestätigt zu erhalten, daß man »wer« sei. Die Songs wurden als Schlager geträllert, die Garderobe auf »Verbrecher« umgerüstet (bzw. Hure), Bars nannten sich nach den »Dreigroschen« (waren aber teurer) und die Bettler blieben, die sie waren […].

Jan Knopf: Brecht-Handbuch. Theater. Stuttgart: Metzler 1980, S. 63.

---

gibt zu verstehen, Brecht habe der Gesellschaft lediglich den Spiegel vorgehalten. Unfair wäre es demnach, ihn dafür verantwortlich zu machen, dass dieser Blick in den Spiegel keine Scham, sondern begeisterte Zustimmung hervorrief.

Gegen eine solche Sicht spricht aber die unübersehbare Lust, mit der in der *Dreigroschenoper* das Gangstertum gefeiert wird – sei es nun in seiner legalen (Peachum) oder in seiner offen kriminellen Variante (Macheath). Brechts unersättliche Freude am Tabubruch, für die sich in den Jahren der Weimarer Republik ungezählte Beispiele anführen lassen, hat offenbar im Fall der *Dreigroschenoper* unversehens dazu geführt, dass in einer Art dialektischer Ironie aus dem Bürgerschreck ein Verherrlicher kapitalistischer Unmoral wurde. Er gab vor, mit der Parallelisierung von Bürger und Räuber, von Unternehmer und Verbrecher zu provozieren. Weil aber im materialistisch-zynischen Klima der ›Goldenen Zwanziger‹ Provokationen schick geworden waren, weil man sich gerne ein wenig gangsterhaft gerierte, weil die Frauen gerne ein bisschen hurenhaft posierten, lief dieser Angriff auf das Heuchlerische bürgerlicher Solidität ins Leere. Dabei hätte es Brecht, wenn er seine eigene Rolle im Kulturbetrieb kritischer reflektiert hätte, besser wissen können: Er selbst teilte ja die Lust der Bürger am Verruchten, Unmoralischen, Versauten. Gerade das Versaute, das als regressive, pubertäre Form des Witzigen immer ein breites Publikum erfreut, spielt in der *Dreigroschenoper* eine große Rolle, wie etwa das »Hochzeitslied für ärmere Leute« und die derben Scherze (»Zoten«, S. 21) zeigen, die die guten Wünsche der Bandenmitglieder im zweiten Bild würzen. Mit seinen Lederjacketts, Ledermänteln und Zigarren, seinen betont lässigen Posen und zynischen Kommentaren machte Brecht auf seine Art ja gerade die Maskerade mit, die auch die von ihm Angegriffenen genossen. Dass er diesen nicht unmittelbar als Rollenvorbild diente, dafür sorgte die

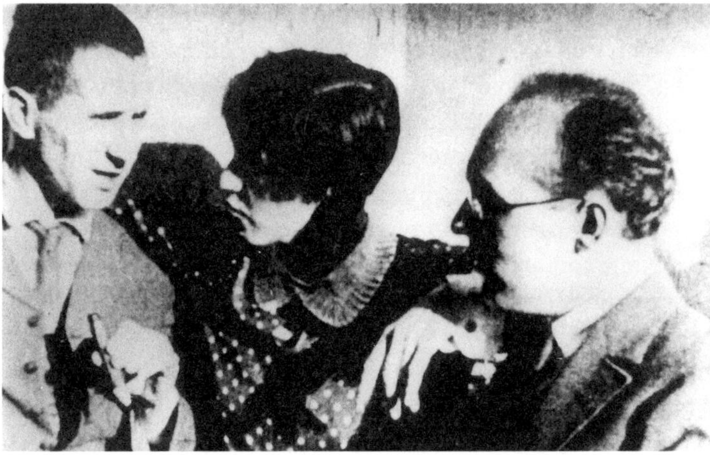

Bertolt Brecht mit Lotte Lenya und Kurt Weill (1900 bis 1950). Aufnahme aus dem Jahr 1929.

proletarische Note seines Aufzugs, die Schirmmütze, die Nickelbrille, der sträflingshaft kurzgeschorene Intellektuellenkopf, seine ganze asketisch wirkende Gestalt. Brecht, als linker Revolutionär verschrien, war niemand, dem der Devisenhändler oder der Aktienspekulant offen hätte nacheifern mögen. Mackie Messer aber war eine Figur, für die sich der Autor und sein Publikum gleichermaßen erwärmen konnten.

Während also einerseits die Stimmung der zu Ende gehenden Zwanzigerjahre in der *Dreigroschenoper* wenn auch nicht kritisch hinterfragt, so doch kongenial zum Ausdruck gebracht ist, so ist andererseits die Handlung des Stücks zu klamaukhaft und simpel, um als Modell für die Machtmechanismen der Gesellschaft der Weimarer Republik zu taugen. (Dieser Einwand gilt übrigens auch für andere Stücke Brechts, gerade aus der Zeit der Weimarer Republik.) Auch der viel gerühmte Einfall Brechts, Peachums geschäftlichen Erfolg auf der systematisch betriebenen Ausbeutung des Mitleids beziehungsweise schlechten Gewissens der Wohlstandsbürger gründen zu lassen, liefert weniger Einsichten als Pointen – etwa, dass »einem niemand sein eigenes [wirkliches] Elend« glaube (1. Bild, S. 13). Das ist witzig; ob es aber auch wahr ist, ist durch nichts bewiesen.

Hinzu kommt, dass gerade die für die Gewinnung von Einsichten angeblich so wichtige Trennung von Handlung und Kommentarebene zumindest in der *Dreigroschenoper* eher das Gegenteil bewirkt. Auch aufgrund der Entstehungsgeschichte des Stücks mit seiner Eile und unbedenklichen Aufnahme fremden oder bereits früher entstandenen eigenen Materials sind hier die Songeinlagen oft so wenig auf die konkreten Vorgänge im Stück bezogen, dass sie als Kommentare zum Geschehen ins Leere laufen. Mit dieser fehlenden Anbindung hat auch ihre Trivialität und daraus resultierende Unverbindlichkeit zu tun. Das zeigt sich besonders in den Finales am Schluss eines jeden Aktes. Im »Erste[n] Dreigroschen-Finale«, das von der »Unsicherheit menschlicher Verhältnisse« handelt, singt Herr Peachum: »Ein guter Mensch sein? Ja, wer wär's nicht gern? / Doch leider sind auf diesem Sterne eben / Die Mittel kärglich und die Menschen roh. / Wer möchte nicht in Fried und Eintracht leben? / Doch die Verhältnisse, sie sind nicht so!« Und Polly und Frau Peachum stimmen ein: »Da hat er eben leider recht. / Die Welt ist arm, der Mensch ist schlecht.« (S. 42 f.) Wenn mit diesen Zeilen die wohlfeile Moral der Ausbeuter Herr und Frau Peachum kritisiert werden soll, so ist diese Kritik gut versteckt.

Mit ähnlich allgemeinen Worten wird im »Zweite[n] Dreigroschen-Finale« die Frage »Denn wovon lebt der Mensch?« beantwortet: Diesmal sind es Macheath und (in der zweiten Strophe) die Spelunken-Jenny, die sich stellvertretend für die »armen Leute[ ]« gegen moralische Bevormundung zur Wehr setzen:

Tim Grobe als Macheath und Katja Danowski als Polly in Jarg Patakis Inszenierung der »Dreigroschenoper« am Hamburger Schauspielhaus aus dem Jahre 2010.

> Ihr Herrn, die ihr uns lehrt, wie man brav leben / Und Sünd und Missetat vermeiden kann / Zuerst müßt ihr uns was zu fressen geben / Dann könnt ihr reden: damit fängt es an. / Ihr, die ihr euren Wanst und unsre Bravheit liebt / Das eine wisset ein für allemal: / Wie ihr es immer dreht und wie ihr's immer schiebt / Erst kommt das Fressen, dann kommt die Moral. (S. 69)

Ein Chor bekräftigt dann am Ende des Refrains: »Ihr Herren, bildet euch nur da nichts ein: / Der Mensch lebt nur von Missetat allein!« (S. 70) Wären solche Verse stärker als Rollentext von Macheath markiert, so könnte man sie als unstatthafte Rechtfertigungen seiner kriminellen Existenz begreifen und davon ausgehend vielleicht die eigene Neigung kritisch hinterfragen, unmoralisches Handeln durch eine angemaßte Opferrolle zu entschuldigen. Brecht jedoch setzt alles daran, dass der Zuschauer den Sänger nicht mit dem Darsteller der Figur verwechselt. Dadurch fehlt dem jeweiligen Song der konkrete Kontext. Das macht seine Botschaften so beliebig: Jeder kann sie sich zu eigen machen, wie es ihm gerade passt, oder es auch sein lassen. In dieser Beliebigkeit liegt auch der Grund, warum die wirkungsvoll pointierten Formulierungen der Songs so leicht zu geflügelten Worten werden konnten: weil sie keine spezifische Sprengkraft besitzen.

Die starke Wirkung des Lieds von der Seeräuber-Jenny erwächst dagegen aus der eindringlichen Evokation (Heraufbeschwörung) einer konkreten Situation gesellschaftlicher Unterdrückung (vgl. die ausführliche Interpretation des Songs auf den Seiten 90–102 dieses Bands). Ebenso wirkungsvoll sind diejenigen Songs, die nicht vorgeben, mit schlichtesten Behauptungen den Lauf der Welt erklären zu können, sondern etwas weniger hoch zielen und konkrete Lebenslagen dichterisch originell auf den Punkt bringen; so in Frau Peachums Klage über die Undankbarkeit heranwachsender vergnügungssüchtiger Töchter, die unbeirrbar in ihr Verderben rennen: »Das ist der Mond über Soho / Das ist der verdammte ›Fühlst-du-mein-Herz-Schlagen‹-Text / Das ist das ›Wenn du wohin gehst, geh auch ich wohin, Johnny!‹ / Wenn die Liebe anhebt und der Mond noch wächst.« (»Der Anstatt-dass-Song«, 1. Bild, S. 16)

IV Exemplarische Interpretationen

1 Was erfährt man im ersten Bild über Peachums Geschäftsmethoden?

Jonathan Jeremiah Peachum betreibt ein Geschäft, das er »Bettlers Freund« (S. 10) genannt hat. Die Geschäftsidee ist einfach: Wie ein Zuhälter Prostituierte auf den Straßenstrich schickt und dafür sorgt, dass sie an den von ihnen besetzten Abschnitten keiner unliebsamen Konkurrenz ausgesetzt sind, so lässt Peachum ein Heer von Bettlern für sich arbeiten. Wer zu seiner Truppe gehören will, muss ein Eintrittsgeld zahlen. Von seinem Bettlerverdienst muss er die Hälfte an Peachum abführen; wenn Peachum die Bettlerausstattung stellt, sind es sogar zwei Drittel (vgl. S. 12). Diese Gewinnaufteilung gilt zumindest im Fall von Filch, der im ersten Bild zu Peachums Bettlerheer stößt. Das Beispiel Filch zeigt auch, dass Peachum die Bedingungen im Grunde nach Belieben diktieren kann, weil er dafür sorgt, dass er im ›Bettlergewerbe‹ Londons das Monopol innehat und behält. Das geht nicht ohne Gewalt. So offenbart sich das Doppelgesicht von Peachums Geschäftsmethoden. Hinter der legalen Fassade herrscht skrupellose Brutalität. Filch, der aus Ahnungslosigkeit als ›freier Bettler‹ aufgetreten ist, wird schnell klargemacht, dass Peachum keine noch so geringfügige Konkurrenz duldet:

> Highland Street. Ja, ja, stimmt. Du bist der Dreckkerl, den Honey und Sam gestern erwischt haben. Du hattest die Frechheit, im Distrikt 10 die Passanten zu belästigen. Wir haben es bei einer Tracht Prügel bewenden lassen, weil wir annehmen konnten, du weißt nicht, wo Gott wohnt. Wenn du dich aber noch einmal blicken läßt, dann wird die Säge angewendet, verstehst du? (S. 11)

Peachums Unternehmen ist generalstabsmäßig organisiert. Die Schläger, die Filch verprügelt haben, haben ihm anschließend die »Geschäftskarte« ihres Chefs gegeben. Dieser erklärt Filch am nächsten Tag, in dem er *»geschäftsmäßig«* auf einen Stadtplan deutet, dass London »in vierzehn Distrikte« eingeteilt sei. Jeder, »der in einem davon das Bettlerhandwerk auszuüben gedenkt« (S. 11), benötige »eine Lizenz von Jonathan Jeremiah Peachum & Co.« (S. 12). Solche Lizenzen würden »nur an Professionals verliehen« (S. 11). Jede Lizenz hat eine Seriennummer, die im Prinzip zur neuen Identität des lizensierten Bettlers wird: »Frau Peachum! [...] Das ist Filch. Nummer dreihundertvierzehn. Distrikt Baker Street. Ich trage selbst ein.« (S. 12) Peachum betreibt sein Geschäft mit geradezu wissenschaftlicher Akribie. Er hat die Hauptursachen sozialer Deklassierung sowie die Antriebe der Mildtätigkeit genau studiert und »fünf Grundtypen des Elends« ermittelt, »die geeignet sind, das menschliche Herz zu rühren« (S. 12). Diesen Grundtypen korrespondieren fünf unterschiedliche Ausstattungen, die er für seine ›Angestellten‹ bereithält (vgl. S. 12f.). Diese haben keine freie Wahl. Der Chef selbst weist ihnen die Ausstattung und damit ihre ›Lebensgeschichte‹ (Rolle) und Bettelstrategie zu (vgl. S. 13). Der Ton, in dem mit den ›Angestellten‹ umgesprungen wird, ist verächtlich und grob. Als Filch sich einen Ratschlag erbittet, denn er sei immer »für ein System« gewesen und wolle nicht »so etwas Zufälliges« daherreden, höhnt Frau Peachum, »[e]in System muß er haben!«, und der Chef selbst erteilt, ohne sich überhaupt noch die Mühe zu machen, Filch persönlich anzureden, den kurzen Bescheid: »Er soll einen Idioten machen.« (S. 15)

Während ein ›normaler‹ Zuhälter die Prostituierten, die er für sich arbeiten lässt, körperlich ausbeutet, bleibt der persönliche Einsatz von Peachums Bettlern vergleichsweise gering. Ausgebeutet werden durch Peachums Geschäftsmodell also in erster Linie die ›Kunden‹, die mit ihrer Gabe nur zum Teil das zudem in seiner ausgestellten Form bloß vorgetäuschte Elend der Bettler lindern, vor allem aber Peachums Wohlstand ermöglichen. Im Gegensatz zum Prostitutionsgewerbe handelt es sich bei seinen Geschäften also um glatten Betrug. Peachum könnte zynisch argumentieren, er verkaufe ja sehr wohl auch etwas, nämlich das beruhigende Gefühl einer guten Tat, aber auf eine solche Verbrämung seines Gewinnstrebens verzichtet er. Viel stärker beschäftigen ihn Marketingfragen, denn ihm ist bewusst, dass der Mensch »die furchtbare Fähigkeit« besitze, »sich gleichsam nach eigenem Belieben gefühllos zu machen« (S. 9). Deshalb muss er immer neue Anreize setzen, um der Mildtätigkeit der Menschen auf die Sprünge zu helfen. Dabei leistet das christliche Gebot der Nächstenliebe wertvolle Hilfe: Die besten Werbesprüche bezieht er aus der Bibel. Doch lebt er in der ständigen Sorge, was passieren wird, wenn ihm die passenden Bibelsprüche ausgehen: »[…] wenn man sie verbraucht hat, ist man glatt brotlos« (S. 10).

Dieter Wöhrle hat darauf hingewiesen, dass Brecht in der Eingangsszene des Stücks auch eine subtile Polemik gegen die von ihm bekämpfte traditionelle (bürgerliche) Dramatik untergebracht habe: Peachums Geschäftsmodell repräsentiere gleichsam das aristotelische Drama in seiner Lessing'schen Ausprägung, die der Maxime folge: »Der mitleidigste Mensch ist der beste Mensch« (*Briefwechsel über das Trauerspiel;* Brief Lessings vom November 1756 an Friedrich Nicolai). »Für seine ›Kapitalisierung des Mitleids‹« nutze »der ›Regisseur‹ Peachum« verschiedenste Methoden, stoße dabei aber »gleichwohl an Grenzen – analog dem Theater, das ebenfalls ständig neue Stücke produzieren muss«, um seiner Aufgabe gerecht zu werden, den Menschen innerlich zu läutern (Wöhrle, S. 61). Als Fingerzeig für den Zuschauer, dass hier auf einer zweiten Bedeutungsebene das aristotelische Drama angegriffen wird, habe Brecht in den Eingangsmonolog die beiden Schlüsselbegriffe der Tragödientheorie des Aristoteles, ›Furcht‹ und ›Schrecken‹, eingebaut (vgl. S. 9 f.). Diese beiden Affekte sollen nach Aristoteles die seelische Läuterung herbeiführen. Brecht gibt, wenn man Dieter Wöhrles Deutung folgen will, in dem ersten Bild der *Dreigroschenoper* quasi unter der Hand zu verstehen, dass Peachum sich die Wirkungsästhetik des traditionellen Dramas zunutze mache und daraus Kapital schlage. Weit entfernt, die Welt zu einem menschlicheren Ort zu machen, diene der Appell ans Mitleid vor allem dem Wohlergehen skrupelloser Geschäftemacher und verstärke so noch die bereits bestehende Ungleichheit und Ungerechtigkeit.

2 Das Lied von der Seeräuber-Jenny

Das Lied, das Polly im zweiten Bild vorträgt, gehörte von Anfang an zu den populärsten Songs der *Dreigroschenoper.* Bereits 1929 verfasste der sozialistische Philosoph Ernst Bloch (1885–1977) für die Zeitschrift *Die Weltbühne* einen eigenen Beitrag über das »Lied der Seeräuber-Jenny« (25. Jahrgang, Heft 8, S. 297–299). Er betonte die revolutionäre Sprengkraft des Songs, hob ihn als »starke Dynamitstelle« von dem »Bierulk« der meisten anderen Szenen ab und konstatierte: »Man spürt den unstatischen Hintergrund der Zeit.«

In der Brecht-Forschung ist das Lied von der Seeräuber-Jenny immer wieder als Paradebeispiel für Brechts episches Theater betrachtet worden (vgl. etwa Wöhrle, S. 28–33). Besonders erhellend ist die Interpretation des Freiburger Germanisten Carl Pietzcker (*Wut hinter Gittern,* 1986). Sie ist für die folgende Analyse und Deutung dankbar genutzt worden.

Die Faszination, die von der »Seeräuber-Jenny« ausgeht, hat viel mit der Hemmungslosigkeit und unerbittlichen Konsequenz der in dem Song gestalteten Rachephantasie zu tun.

Hierin unterscheidet er sich vom traditionellen ›Küchenlied‹, das ihm – wie auch dem ebenfalls von Polly gesungenen »Barbara-Song« (vgl. 3. Bild, S. 35–37) – als Muster zugrunde liegt. Darin konnten Dienstmädchen »ihrer Sehnsucht nach Erlösung aus Eintönigkeit, Erniedrigung und Armut und ihren unerfüllten Wünschen nach Liebe, Reichtum und Rache nachgehen«. Da sie aber »Verbotenes phantasieren«, musste »die Wunscherfüllung« getarnt sein beziehungsweise bestraft werden (Pietzcker, S. 225): So muss die Räuberbraut – die Titelfigur eines typischen Küchenlieds, das in vielen Fassungen überliefert ist – erleben, dass ihr Retter getötet wird und sie ihr Kind verliert.

Der ›Outlaw‹, der seine Braut aus unterdrückerischen Verhältnissen befreit, war ein beliebtes Motiv der Unterschichten-Literatur, für die Brecht sich sehr interessierte und für die er große Sympathien hegte. Das Seeräuber-Motiv geistert seit 1919 durch seine Artikel, Werkentwürfe und Aufzeichnungen. Das Lied von der Seeräuber-Jenny entstand, wie auch der »Barbara-Song«, wohl 1926, also zunächst ohne Zusammenhang mit dem *Dreigroschenoper*-Projekt. Es wurde Ende 1926 im ›Silvestkabarett‹ der ›Berliner Funkstunde‹ von Carola Neher erstmals öffentlich vorgetragen. Brecht erfand auch eine Melodie, die der ersten Vertonung des Lieds durch Franz S. Bruinier (1905–1928) im März 1927 zugrunde lag. Kurt Weill orientierte sich bei der Komposition dann an dieser Version.

Wie in Giacomo Puccinis populärer Oper *Madame Butterfly* (1904) lässt Brecht ein »Abwaschmädchen […] auf das Schiff des Geliebten warten« (Pietzcker, S. 225). Anders als im Küchenlied mit seinem nur latenten Aufbegehren gegen die herrschenden Machtstrukturen und seiner Grundstimmung »melancholisch-sentimentaler Ergebung« gestaltet Brecht seinen Song jedoch »deutlich als Ausbruchsphantasie und führt den Rachewunsch straffrei zum Ziel« (Pietzcker, S. 226).

Formanalyse und erste Interpretation

Das Lied besteht aus vier dreiteiligen Strophen: Der jeweils erste Teil der ersten beiden Strophen schildert die erniedrigende Existenz des Abwaschmädchens, das in Wahrheit eine Seeräuberbraut ist, was aber niemand ahnt. (»Und Sie wissen nicht, mit wem Sie reden.« »Und Sie wissen immer noch nicht, wer ich bin.«) Im jeweils zweiten Teil dieser beiden Strophen, der durch den identischen Anfang »Aber eines Abends [...]« deutlich vom Vorhergehenden abgesetzt ist, kippt dann die Situation: Äußerer Lärm kommt auf (»Geschrei«, »Getös«), der innere Unruhe auslöst und die Aufmerksamkeit der beunruhigten Menschen auf das Abwaschmädchen lenkt, das sich von der allgemeinen Bangigkeit nicht anstecken lässt, sondern dessen Mimik im Gegenteil geheimes Wissen und freudige Erwartung verrät: Man sieht sie lächeln und fragt sich besorgt nach dem Grund für dieses Lächeln. (»Was lächelt die dabei?« »Was lächelt die so bös?«) Der refrainartige dritte Teil, der durch Einrückung auch äußerlich jeweils vom Rest der Strophe abgesetzt ist, nennt in drei kurzen Verszeilen die Veranlassung für die sich ausbreitende Angst: Ein schwer bewaffnetes Schiff läuft im Hafen ein (1. Strophe) und beginnt die Stadt zu beschießen (2. Strophe).

Diese Gliederung ist auch in den beiden letzten Strophen beibehalten: Die mittleren Teile setzen nun mit Zeitangaben ein, die an die in den ersten beiden Strophen gebrauchten Formulierungen anklingen (»Und in dieser Nacht [...]«; »Und an diesem Mittag [...]«). Der Refrain, der immer von dem fremden Schiff handelt, weist in allen vier Strophen die gleiche Satzstruktur auf. Die ersten beiden Verszeilen bleiben sogar – bis auf den unbestimmten Artikel in Strophe 1, der später durch den bestimmten Artikel ersetzt wird – völlig unverändert. Lediglich die Schlusszeile verändert sich, entsprechend dem Fortgang der Handlung. (»[...] / Wird liegen am Kai.« »[...] / Wird beschießen die Stadt.« »[...] / Wird beflaggen den Mast.« »[...] / Wird entschwinden mit mir.«)

Der für die ersten beiden Strophen charakteristische Perspektivwechsel vom Abwaschmädchen zu den Leuten, die sie mit Missachtung behandeln, lässt sich jedoch in den beiden letzten Strophen nicht mehr aufrechterhalten; denn nun überstürzen sich die Ereignisse, nachdem sich zuvor feste Fronten unbeweglich gegenüberstanden. Diese Veränderung zeigt sich auch an der gewandelten Erzählweise. Während in den Anfangszeilen der ersten beiden Strophen der Akzent auf der Darstellung der zermürbenden Routine des anspruchslosen und eintönigen Arbeitsalltags des Abwaschmädchens liegt (Gläser abwaschen, Betten machen, kleines Trinkgeld entgegennehmen, danke sagen) und so die Trost- und Perspektivlosigkeit ihrer Situation veranschaulicht wird, bricht nun eine Dynamik herein, die keine ruhige Betrachtung mehr zulässt und die die bisherigen Machtverhältnisse zwischen dem Mädchen und den anderen auf den Kopf stellt: Die Stadt wird in der Nacht durch Kanonenbeschuss dem Erdboden gleichgemacht, wobei nur das eine lumpige Hotel verschont wird, in dem sich das Mädchen befindet (3. Strophe). Am nächsten Tag dringt die Besatzung des Schiffs in die Stadt ein, überwältigt die Einwohner, legt sie ihn Ketten, präsentiert sie dem Abwaschmädchen und fordert dieses auf, zu sagen, wer von ihnen sterben soll. Sie antwortet: alle, wohnt der Massenhinrichtung bei und entschwindet dann, nachdem ihr auf diese Weise schreckliche Genugtuung widerfahren ist, mit dem Seeräuberschiff (4. Strophe).

In den ersten beiden Strophen dominiert demnach die Situationsbeschreibung, in den beiden letzten die Schilderung einer fortlaufenden Handlung. Angesichts dieses Funktionswandels kann die in den ersten beiden Strophen eingeführte Binnengliederung nicht konsequent durchgehalten werden.

Die ersten beiden Teile der Strophen gehen nun jeweils stärker ineinander über. Andererseits gelingt es Brecht, auch in den Strophen 3 und 4 das Frage- und Antwortspiel aufzunehmen, das bereits die jeweils mittleren Teile der ersten beiden Strophen strukturiert hat (»Und man fragt: [...]«; »Und man sagt: [...]«). In den Schlussstrophen wird es sogar ausgeweitet: Nun werden jeweils zwei Fragen formuliert, auf die am Ende eine gemeinsame Antwort gegeben wird. In der dritten Strophe fragt sich die verschreckte Einwohnerschaft der Stadt, wer denn Besonderes in dem Hotel wohnt und warum das Hotel als einziges Gebäude der Stadt verschont wird, und erkennt, als das Abwaschmädchen aus der Tür tritt, halb ungläubig (deshalb auch hier, in der Auflösung des Rätsels, die Frageform), dass diese missachtete Person als Einzige Grund hat, sich nicht bedroht zu fühlen. In der vierten Strophe lässt Brecht zunächst die Seeräuber dem Abwaschmädchen die Entscheidung vorlegen, wer getötet werden soll, und dann die gefangenen Einwohner der Stadt die bange Frage stellen, wer wohl sterben muss; woraufhin die Seeräuberbraut, wie schon erwähnt, antwortet: Alle. Die doppelten Fragen der Schlussstrophen dramatisieren nicht nur die tödliche Spannung, die nun über dem Geschehen liegt; sie dienen zugleich der Aufrechterhaltung des durchgängigen dreiteiligen Gliederungsprinzips: Die erste Frage tritt nämlich nun an die Stelle der bisherigen Schlusswendung des jeweils ersten Strophenabschnitts. (»Und Sie wissen nicht, mit wem Sie reden.« »Und Sie wissen immer noch nicht, wer ich bin.«) Das zeigt sich auch an der Organisation der Endreime: Die ersten Abschnitte aller vier Strophen weisen die identische Reimstellung auf (a b c c b). Das Gleiche gilt in den ersten drei Strophen für den mittleren Abschnitt (d e f e) und den reimlosen Refrain (g h i). Nur die letzte Strophe bleibt auch im mittleren Abschnitt reimlos, was das kaltblütige, halb wahnsinnige »Hoppla!«, mit dem die Seeräuberbraut das Fallen der Köpfe kommentiert, auch reimtechnisch ganz für sich stehen lässt. In dieser Verszeile ist zudem, mit der Häufung einsilbiger betonter Wörter (»Und wenn dann der Kopf fällt, sag ich [...]«), jedes fließende Metrum aufgegeben. – Der dreiteilige Aufbau der Strophen kam übrigens auch in Brechts eigener Komposition des Songs zum Ausdruck, die er Franz S. Bruinier vorsang: »Bei der Zeile ›Aber eines Tages [sic] wird ein Geschrei sein am Hafen‹ beschleunigt sich das Tempo und wendet sich die Tonart von e-moll nach E-Dur. Am verblüffendsten ist aber der mit ›Maestoso‹ überschriebene cis-moll-Refrain, der mit seinen langen Notenwerten hymnischen Charakter besitzt« (Albrecht Dümling: *Laßt euch nicht verführen. Brecht und die Musik.* München: Kindler Verlag 1985, S. 133).

Biblische Sprache

Der Rachephantasie der Seeräuber-Jenny verleiht Brecht durch Anklänge an das feierlich-pathetische Deutsch von Martin Luthers Bibelübersetzung zusätzliche Wucht und Wirkung. Es vermittelt unterschwellig Jennys Gefühl der Allmacht und ihre prophetenhafte Attitüde, die auch in der Verwendung des Futurs in den Passagen des Lieds, in denen es um ihre Erlösung und Rache geht, zum Ausdruck kommt, während im Präsens der jeweils ersten Abschnitte der ersten beiden Strophen ihr tristes Dasein als Abwaschmädchen umrissen wird. Die biblische Sprache kommt besonders in den beiden apokalyptischen Schlussstrophen zum Tragen, deutet sich aber schon in der ersten Strophe an. (»Aber eines Abends wird ein Geschrei sein am Hafen [...]«.) Charakteristische Wendungen sind »Und es werden kommen«, das archaisierende »gen Mittag« (vgl. etwa Prediger 1,6) oder »einen jeglichen aus jeglicher Tür« (vgl. Lukas 2,3: »ein jeglicher in seine Stadt«). Jennys Rache erhält auch durch die Übernahme inhaltlicher

Motive der Bibel die Aura eines göttlichen Strafgerichts: Die »Mauern werden fallen hin« wie die Mauern von Jericho (vgl. Josua 6,5 und 6,20) und Babylon (vgl. Jeremia 51,44; alle Stellennachweise sowie die folgenden Zusammenhänge nach Pietzcker, S. 233 f.). Die Stadt wird vernichtet wie Gomorra, weil sich ihre Einwohner an Jenny versündigt haben. Wie das Volk Israel in Ägypten wird nur sie verschont (vgl. 2. Mose 9,25/26). Ihr gelobtes Land Kanaan ist die Weite des Meeres. »Wie die Hure Rahab«, von der der Prophet Josua erzählt (Josua 2 und 6), »ist sie in geheimem Einverständnis mit den Vernichtern der Stadt« (Pietzcker, S. 234). Der Bräutigam der Seeräuber-Jenny, der Pirat, verschmilzt unversehens mit dem himmlischen Bräutigam, dem christlichen Erlöser. Erst das zynische »Hoppla« zerstört diese Atmosphäre eines biblischen Strafgerichts. Brecht zieht alle Register pathetischer Sprache – aber er wäre nicht der coole Prototyp einer abgebrühten jungen Schriftstellergeneration, als der er sich damals darstellte, wenn er es dabei bewenden ließe. So bricht er das Pathos und erzielt gerade damit einen irritierenden Schockeffekt.

In den Jahren der Weimarer Republik wurden Schriftsteller zu allen möglichen Themen um Auskunft gebeten. Brecht wurde immer gefragt, weil er so frech zu antworten verstand. Auf die eher einfallslose Frage der im Berliner Ullstein Verlag erscheinenden Zeitschrift *Die Dame*, welches Buch der Weltliteratur den stärksten Eindruck auf ihn gemacht habe, antwortete er im Oktober 1928, nur wenige Wochen nach der Premiere der *Dreigroschenoper*: »Sie werden lachen: die Bibel.« (GBA, Band 21, S. 248) Das war witzig, wenn man sich seine öffentliche Rolle als Kulturverächter und Bürgerschreck vor Augen führt. Es war aber vermutlich auch schlicht zutreffend. So ist an der Universität Kassel eine 380 Seiten starke Dissertation (von Merle Clasen, 2005) entstanden, die sich der Frage nach den biblischen Bezügen in der *Dreigroschenoper* widmet.

Elende Realität und triumphale Wunscherfüllung

Inhaltlich bildet das »Verhältnis zwischen Situation und Phantasie« den für den Aufbau des Songs prägenden Gegensatz. »Mit Strophe und Refrain stehen sich Stadt und Schiff, bedrückende Realität und phantasierter Retter gegenüber. Die Phantasie überwältigt die Wirklichkeit.« (Pietzcker, S. 229) Je stärker das Schiff und seine Besatzung in den Vordergrund des Geschehens treten, desto mehr verblasst Jennys trostlose Gegenwart. Das Abwaschmädchen verliert sich jedoch nicht vollständig in seiner kompensatorischen Phantasie, sondern schließt sie mit der Realität kurz, indem sie die ihr zuhörenden Gäste direkt als die zukünftigen Opfer der Piraten anspricht, wie die Großschreibung des Personalpronomens anzeigt: »Und dann werden Sie mich sagen hören: Alle!« Jenny »gebraucht ihre Phantasie als Waffe, sucht die Gäste in sie hineinzuziehen, dramatisiert deshalb ihren Vortrag, geht auf die Reaktionen der Zuhörer ein, phantasiert deren Erkenntnisprozeß mit und genießt sich als wissende Rächerin, die das grausame Geheimnis unter gebannten Blicken langsam lüftet. Effektvoll steigert sie die Spannung bis zur Stille vor dem Todesspruch.« (Pietzcker, S. 230) Das »Hoppla!« löst diese Spannung äußerlich auf, ruft jedoch gleichzeitig im Hörer oder Leser als Ausdruck einer ungehemmten »Lust am Töten und eine[r] an Irrsinn grenzende[n] Regression auf narzißtische Wut« (ebenda) eine fast noch stärkere Beklemmung hervor. Die Grausamkeit, die sich hier Bahn bricht, verweist verstörend auf die menschliche Isolierung des Abwaschmädchens. Brecht gestaltet – nicht auf der Basis psychoanalytischer Theoriebildung, sondern aufgrund von Beobachtung und Einfühlung – »ein in sich schlüssiges narzißtisches Verhalten«, in dem ein ungehemmter »Haßausbruch« durch »extreme Entfremdung«, durch die »Vereinzelung einer ohnmächtigen Unterdrückten« (ebenda) motiviert wird.

Lotte Lenya 1955 mit der Schallplatte »Lotte Lenya singt Kurt Weill«. Brechts Name fehlt nicht von ungefähr. Das Verhältnis zwischen Lenya und Brecht war nach vielen Vorfällen, in denen sich die Eheleute Kurt Weill und Lotte Lenya von Brecht geschäftlich übervorteilt gefühlt hatten, schwer gestört.

Diese Vereinzelung und Entfremdung, diese Existenz »ohne Gefühlsbindung in einer unpersönlichen Welt« (Pietzcker, S. 231), wird im Song genau herausgearbeitet. Die Hotelgäste bleiben genauso anonym wie die Einwohner der Stadt. Jenny macht das Bett »für jeden«, »man« sieht sie lächeln, »man« spricht sie an, »man« reicht ihr einen Penny hin, »man« stellt sich Fragen, »man« sieht sie hinterm Fenster stehen und später aus dem Haus treten, und zuletzt bangt »man«, »wer wohl sterben muß«. Aber auch die Gegenseite, Jennys Retter, bleibt schemenhaft: »Und es werden kommen hundert gen Mittag an Land / Und werden in den Schatten treten«. Keiner dieser Hundert erhält ein Gesicht. Selbst der Kapitän des Piratenschiffs, offenkundig Jennys Geliebter und Bräutigam, bleibt ein Phantom. Von ihm ist mit keinem Wort die Rede. »Ihr Traum, der sie aus der Kontaktlosigkeit führen soll, ist selbst noch von dieser bestimmt.« (Pietzcker, S. 231)

Jenny richtet ihren Hass unterschiedslos gegen alle, weil sie die gesellschaftlichen Machtmechanismen, die Ursachen für ihre erniedrigende Existenz, nicht überschaut. Aber von wem ließe sich das schon behaupten? So spiegelt die Abstraktheit ihres Frontalangriffs gegen alle die Abstraktheit der gesellschaftlichen Verhältnisse. Deren Undurchschaubarkeit führt zur Desorientierung des Einzelnen, die auch auf Jennys Rachephantasie abfärbt: In der dritten Strophe heißt es, dass die ganze Stadt dem Erdboden gleichgemacht und nur das eine lumpige Hotel verschont werde. In der vierten Strophe treten dann aber die Piraten »in den Schatten« (doch wohl der Häuser) und »fangen einen jeglichen aus jeglicher Tür«. Diese Unstimmigkeit unterstreicht, wenn man so will, das Illusionäre von Jennys Vision.

Märchen und Sage

Das bloß Wunschtraumhafte und Naiv-Regressive von Jennys Rachephantasie wird zudem durch die Parallelen zu typischen Motiven und Stilprinzipien des Märchens deutlich. »Wie Dornröschen wird Jenny erlöst, wie Aschenputtel aus ihrer verachteten Schmutzarbeit erhöht« (Pietzcker, S. 235). Ihre Phantasie folgt »dem ungehemmten Egoismus« (ebenda) und den Erzählgesetzen des Märchens: Die Welt teilt sich in Schwarz und Weiß, in Gut und Böse, die Figuren (soweit man überhaupt von Figuren sprechen kann) bleiben als Charaktere flach, das Schiff, das die Rolle des mit magischen Kräften versehenen Helfers übernimmt, ist plötzlich einfach da, auf Motivierungen und Begründungen wird verzichtet. – Auch die dem Märchen verwandte archaische, anonyme Erzählform der Sage ist als Folie immer spürbar: Jenny parallelisiert ihr Schicksal in ihrer Phantasie mit dem der Titelfigur in der nordischen *Kudrun*-Sage, in der die Königstochter entführt und in einer Burg an der Küste zur Verrichtung niederer

Dienste gezwungen, schließlich aber durch eine übers Meer kommende Streitmacht gerettet wird und heimkehren kann, nachdem ihre Peiniger das Leben lassen mussten. Und natürlich erinnert die Lage Jennys auch an Richard Wagners ebenfalls auf Sagenstoffen beruhende romantische Opern *Der fliegende Holländer* (1843) und *Lohengrin* (1850), was schon Ernst Bloch aufgefallen war. (»Ein ziemlich gerader Weg führt von diesem Lächeln« – Jennys bösem Lächeln – »nicht nur zu Senta, die das Bild ruft, oder zur sanften Elsa, die so lange an seiner Sphäre saugt, bis der Retter erscheint, [...].«)

Spiel im Spiel

Als Brecht den Song 1928 in den entstehenden Text der *Dreigroschenoper* aufnahm – wo er sich schon aufgrund seiner inhaltlichen Beziehungen zu großen, populären Opern (Puccinis *Madame Butterfly* wurde bereits genannt) parodistisch sinnreich einfügte –, sorgte er dafür, dass er als Spiel im Spiel kenntlich wurde. Der Theaterbesucher »schaut Pollys Hochzeit zu, auf der die Gäste mit Polly Jennys Situation inszenieren und Polly zuschauen, wie sie vorträgt, was Jenny zu den Gästen sprach, die ihr zuschauten«. Durch dieses Arrangement ist der Rezipient »mehrfach von Jenny getrennt, kann sie beobachten und über sie nachdenken« (Pietzcker, S. 236). Diese Haltung entsprach Brechts Idee eines epischen Theaters. Tatsächlich aber rissen Brechts lyrische Texte aufgrund ihrer Suggestivität das Publikum mit wie nur je ein Text der von ihm geschmähten Werke der Tradition. John Fuegi konstatiert, Brecht sei, »[f]asziniert von der eigenen Auffassung, eine Aufführung müsse etwas sein, das vom Publikum weniger mit Leidenschaft als vielmehr mit Verstand aufgenommen werden sollte«, »nicht geneigt« gewesen, »eine gegenteilige Ansicht gelten zu lassen«. In Wirklichkeit aber hätten »die Wellen der Emotion bei fast allem«, was Brecht dem Theaterpublikum in den Zwanzigerjahren geboten habe, »bis hart an die Grenze zum Tumult« hochgeschlagen, »wie Hunderte von Augenzeugenberichten es im Übermaß belegen« (Fuegi, S. 325). Brecht habe sich das erst gegen Ende seines Lebens eingestanden und viele der treuen Verkünder von Brechts Lehre vom epischen Theater seien offensichtlich bis heute nicht zu dieser Erkenntnis durchgedrungen.

So nimmt der Zuhörer denn auch das Lied von der Seeräuber-Jenny nicht nur (und wahrscheinlich nicht einmal in erster Linie) fachmännisch-distanziert auf, sondern fühlt sich zugleich persönlich »hineingezogen in Jennys Haßgesang: durch dessen dramatischen Aufbau, Pathos und Vulgarität und durch die halbverborgene Teilidentität der Gangsterbraut Polly mit der Seeräuberbraut Jenny«. Er kann sich durch »den Song, mit dem ihn die Schauspielerin ansingt – ›Meine Herren‹ singt sie ins Publikum – angegriffen fühlen, als sei er einer der Gäste Jennys, und den Angriff, der ja nicht ihm selbst gilt, zugleich aus sicherer Entfernung beobachten, analysieren und genießen«. Aber er kann sich ebenso »mit Jenny identifizieren, aus ihrem Haßausbruch Genuß ziehen, als sei es sein eigener[,] und sie dennoch distanziert betrachten: er genießt Angriff und Angegriffenwerden ohne Einsatz und Folgen.« (Alle Zitate: Pietzcker, S. 236)

Hinzu kommt, dass die Einbettung des Songs in die Szene von Pollys Hochzeitsfeier mit Macheath seine von Ernst Bloch attestierte revolutionäre Sprengkraft (»starke Dynamitstelle«) nachhaltig schwächt. Polly stimmt ihr Publikum, bevor sie das Lied vorträgt, durch ein paar Erläuterungen auf die Hotelszenerie ein, übernimmt pantomimisch die Rolle des Abwaschmädchens und fordert ihre Zuhörer auf, die Gäste zu spielen, indem sie ihnen die folgenden Äußerungen in den Mund legt: »Na, wann kommt denn dein Schiff, Jenny?« »Wäschst du immer noch die Gläser auf, du Jenny, die Seeräuberbraut?« Diese Bemerkungen signalisieren, dass Jenny ihr Lied schon viele Male vorgetragen hat – eine Vorstellung, die ihm viel von seiner Wucht und Wirkung nimmt. Die Männer machen sich über das Abwaschmädchen lustig. Sein Hassgesang ist für sie bloße Unterhaltung. Die Tatsache, dass das Lied schon so oft gesungen worden und das Schiff nie gekommen ist, beweist, dass die Rachevision nur eine ohnmächtige Wunschphantasie ist. So macht Brecht, nachdem er in seinem Song die in der Tradition des Küchenlieds immer unterdrückt gebliebene Aggression ungehemmt hat triumphieren lassen, den Appell zu Widerstand und Umsturz der bestehenden Verhältnisse wieder zunichte.

Nachwirkungen: Lars von Triers »Dogville«

Als Beispiel für die nachhaltige Wirkung des Songs lässt sich der 2003 herausgekommene Spielfilm *Dogville* des 1956 geborenen dänischen Filmemachers Lars von Trier betrachten. Erzählt wird dort mit den Inszenierungstechniken des epischen Theaters die Geschichte der jungen Frau Grace, die sich vor der Polizei in ein abgelegenes Dorf in den Rocky Mountains flüchtet. Die Dorfbewohner nehmen sie auf und lassen sie als Gegenleistung für sich arbeiten. Verführt durch ihre Schutzlosigkeit, versklaven sie die junge Frau immer mehr, bis sie tatsächlich an die Kette gelegt wird und den Männern des Dorfes zur Befriedigung ihrer Lust dient. Am Ende wird sie von der Gangsterorganisation befreit, vor der sie sich versteckt hat und deren Chef ihr Vater ist. Aus Abscheu vor seiner Menschenverachtung war sie seinerzeit geflohen. Nun hat sie die Gemeingefährlichkeit des Volks, der guten und selbstgerechten ›einfachen Leute‹, kennengelernt. Sie gibt, nach kurzem Zögern, Anweisung, alle Einwohner des Orts zu töten. Dann kehrt sie mit ihrem Vater nach Hause zurück.

V Literaturgeschichtliche Einordnung

John Gays »Beggar's Opera«

Auch wenn Brecht Elisabeth Hauptmanns Übersetzung der *Beggar's Opera* in mehreren Bearbeitungsphasen umformte, so beruht die *Dreigroschenoper* doch noch deutlich erkennbar auf ihrer seinerzeit genau 200 Jahre alten Vorlage:

Gays Stück beginnt mit einem Vorspiel, in dem sich ein Bettler als Autor der *Beggar's Opera* vorstellt und ein Schauspieler betont, sich nicht daran zu stören, das Werk eines Mittellosen aufzuführen. Schauplatz des ersten Akts ist das Haus von Peachum, der mit Diebesgut handelt und seine Lieferanten, wenn sie ihm keinen Profit mehr bringen, an die Polizei verrät, um das auf sie ausgesetzte Kopfgeld einzustreichen. Peachum erfährt, dass »Captain Macheath«, einer seiner ›Geschäftspartner‹, seiner Tochter Polly den Hof macht. Er fürchtet, seine dominierende Stellung durch eine Heirat der beiden einzubüßen; doch ist die Hochzeit, wie sich bald herausstellt, bereits vollzogen. Daraufhin verlangen die Eltern, Polly solle ihren Mann an die Polizei ausliefern, um, sobald er gehängt ist, sein Vermögen zu erben. Polly weist solchen Verrat empört von sich. Sie warnt Macheath (den sie in ihrem Zimmer versteckt hatte). Dieser verspricht ihr, London zu verlassen.

Der zweite Akt spielt zunächst im Hauptquartier der Bande von Macheath und dann im Newgate-Gefängnis. Macheath teilt seinen Leuten in einem Wirtshaus bei Newgate die veränderte Lage mit. Die Geschäftsbeziehungen zu Peachum, die für die Bande von existenzieller Bedeutung sind, sollen nicht gefährdet werden. Nachdem seine Leute gegangen sind, empfängt Macheath einige Prostituierte, unter ihnen Jenny Diver und Suky Tawdry, die ihn an Peachum verraten. Dieser erscheint mit Polizisten, die Macheath verhaften. In Newgate wird Macheath vom Gefängnisdirektor Lockit persönlich in Empfang genommen. Lockit und Peachum arbeiten schon seit Langem zum beiderseitigen Vorteil zusammen. Sie vereinbaren, den Profit, der sich aus Macheath' Hinrichtung ziehen lässt, zu teilen. Derweil macht Lockits Tochter Lucy Macheath, der ihr die Ehe versprochen hatte, wegen Polly eine große Szene. Macheath bestreitet, Polly geheiratet zu haben, und erneuert sein Versprechen. Als Polly hereinplatzt, entsteht neues Geschrei. Macheath bleibt bei seiner Taktik. Peachum kommt hinzu und zerrt die widerstrebende Polly mit sich fort. Lucy verhilft Macheath zur Flucht.

Zu Beginn des dritten Akts stellt Lockit seine Tochter zur Rede. Sie gesteht die Fluchthilfe und erkennt, dass sie unüberlegt gehandelt hat. Sicher sei Macheath geradewegs zu seiner Polly gelaufen. Peachum werde ihn erneut verraten, Polly sein Vermögen erben und Lucy und ihr Vater hätten das Nachsehen. Lockit glaubt nun, dass Peachum ihn auszumanövrieren versucht. In einer Spielhölle nimmt Macheath wieder Kontakt zu seinen Leuten auf. Lockit sucht Peachum auf. Die beiden versöhnen sich und schütteln die Köpfe über ihre Töchter. Mrs Diana Trapes, eine Bordellbetreiberin und gute Kundin von Peachum, erscheint, um Kleider für ihre Huren zu kaufen. Sie erwähnt, dass sich Captain Macheath gerade bei Mrs Coaxer aufhalte. Peachum und Lockit hören das mit Interesse. In Newgate erhält Lucy Besuch von Polly und versucht, sie aus Eifersucht zu vergiften. Der Anschlag scheitert allerdings. Macheath wird erneut ins Gefängnis eingeliefert. Er beschwört seine Männer, ihn zu rächen und Peachum und Lockit an den Galgen zu bringen. Das sei sein letzter Wunsch. Sie versprechen es. Einträchtig absolvieren Polly und Lucy einen Abschiedsbesuch bei ihrem Geliebten. Draußen warten bereits vier Damen mit vier kleinen Kindern, die ebenfalls von ihrem Ehemann beziehungsweise Vater Abschied nehmen wollen. Macheath legt darauf keinen Wert. Er bittet darum, die Sache abzukürzen und ihn gleich zum Galgen zu führen. In diesem Moment schaltet sich der Schauspieler aus dem Vorspiel ein und bearbeitet den Autor, Macheath davonkommen zu lassen. Eine richtige Oper müsse ein Happy End haben. Das sieht der Bettler ein. »In einem Stück von dieser Sorte spielt es ohnehin keine große Rolle, wie man die Handlung einfädelt. Im Gegenteil – je hanebüchener, desto besser.« (Übersetzung von Hans Magnus Enzensberger, in: *Dreigroschenbuch*, S. 178) Also wird Macheath »dem Publikumsgeschmack zuliebe« (ebenda) begnadigt. Er reicht Polly die Hand und alles endet in einem großen Tanz.

Diese Zusammenfassung zeigt, wie stark die *Dreigroschenoper*, bei allen Änderungen, ihrer Vorlage gleicht. Die Auftritte des Bettler-Autors zu Beginn und am Schluss fallen weg. Aus Lockit wird Tiger-Brown, der nun nicht mit Peachum, sondern mit Macheath unter einer Decke steckt. Die breit ausgemalte Hochzeitsszene kommt neu hinzu. Die ursprünglichen Liedeinlagen werden durch Songs ersetzt, die an anderen Stellen platziert sind. Auch die Musik ist neu. (Nur für den »Morgenchoral des Peachum« hat Weill die Melodie von Pepusch übernommen.) Jeder Akt schließt mit einem parodistischen Opern-Finale. Am Schluss wird durch den Auftritt eines »reitende[n] Bote[n] des Königs« die bürgerliche Weltanschauung und das diese widerspiegelnde bürgerliche Theater bloßgestellt (so jedenfalls Brechts wie gewohnt sarkastische Begründung). Das sind schon die wesentlichen Änderungen.

John Gays *Beggar's Opera* ist ein Angriff auf die mächtigen Eliten der Epoche. Seit 1714, seit dem Regierungsantritt Georgs I., des ersten Hannoveraners auf dem britischen Thron, dominierte die unternehmerfreundliche Partei der Whigs die englische Politik. Ihr starker Mann war Robert Walpole

Das Auftauchen des reitenden Boten des Königs ist, wo das Bürgertum seine Welt dargestellt sieht, ganz unumgänglich. [...] Sieht man denn nicht, wie taktlos es ist, das Publikum dazu zu verführen, über sich selbst zu lachen, indem man das Auftauchen des reitenden Boten der Heiterkeit preisgibt? [...] Der reitende Bote garantiert ein wirklich ungestörtes Genießen selbst an sich unhaltbarer Zustände und ist also eine conditio sine qua non [unumgängliche Bedingung] für eine Literatur, deren conditio sine qua non die Folgenlosigkeit ist. / Selbstverständlich ist das dritte Finale mit vollkommenem Ernst und absoluter Würde zu spielen.

Bertolt Brecht, Warum muß der reitende Bote reiten? (1930), aus: Anmerkungen zur »Dreigroschenoper« (GBA, Band 24, S. 68).

(1676–1745), der ab 1721 das Amt des ›Lord High Treasurer‹ innehatte und faktisch die Regierung führte. Diese betrieb eine kaum verschleierte Klientelpolitik zugunsten der eigenen Kaste der Besitzenden. Gay nahm diese Verhältnisse aufs Korn, indem er seine Hauptfiguren Peachum, Macheath und Lockit mit Charakterzügen ausstattete, in denen das zeitgenössische Publikum die Protagonisten der Vetternwirtschaft an der Spitze des Staates wiedererkannte. Brecht verzichtete auf solche personalisierte Kritik. Sein Anspruch bestand darin, das spätkapitalistische System der bürgerlichen Gesellschaft insgesamt als korrupt und kriminell zu entlarven.

Gattung: ›Ballad Opera‹ oder Operette?

Gay hatte erkannt, dass der pompöse Stil der Barockoper Händel'scher Prägung dem Bedürfnis der Reichen und Mächtigen entsprach, ihren materiellen Erfolg öffentlich zur Schau zu stellen. Diesem selbstgefälligen Treiben setzte er mit seiner *Beggar's Opera* eine subversive neue Opernform entgegen, die sofort großen Anklang fand, neue Zuhörerschichten begeisterte und als ›Ballad Opera‹ bald einen eigenständigen Typus bildete. Eine solche Unterwanderungsstrategie muss Brecht sympathisch gewesen sein, denn er verfolgte ja seit Jahren im Kulturbetrieb der Weimarer Republik ähnliche Absichten. Die *Dreigroschenoper* steht in der Tradition der ›Ballad Opera‹, auch wenn Brecht gemäß seinem Konzept eines epischen Theaters die Trennung von Bühnenhandlung und musikalischen Einlagen weiter forcierte; hier wirkt sich auch ein zeitgenössischer Einfluss durch die in den Zwanzigerjahren sehr erfolgreichen Bühnenformen der Revue, des Varietés, des musikalischen Kabaretts aus.

Die parodistischen Finales betonen wiederum den Bezug zur Oper etwa der Wiener Klassik. (Die durchkomponierten Musikdramen Richard Wagners oder des späten Verdi kennen solche Schlussensembles nicht mehr.) Elias Canetti schließlich hat die *Dreigroschenoper* als Operette bezeichnet und diese Einordnung originell begründet (vgl. S. 80 dieses Bands). Für eine solche Etikettierung spricht auch der raffinierte Ohrwurmcharakter der Weill'schen Musik, auch wenn diese keineswegs unterkomplex ist.

Brecht selbst hat sich um solche Gattungszuordnungen wenig gekümmert. Anlässlich einer Rundfrage der Zeitschrift *Die Scene* zur »Krisis der Operette« äußerte er sich im Februar 1929 mit betonter Ignoranz und Arroganz:

> Ich verstehe nichts vom Operettengewerbe und man sollte keine Kunst in dasselbe investieren. / Was die »Dreigroschenoper« betrifft, so ist sie – wenn nichts anderes – eher ein Versuch, der völligen Verblödung der *Oper* entgegenzuwirken. Die Oper scheint mir bei weitem dümmer, wirklichkeitsferner und in der Gesinnung niedriger als die Operette. (GBA, Band 24, S. 57)

Plagiatsfragen: Villon und Kipling

Die Songs in der *Dreigroschenoper* zeugen von Brechts Bewunderung für den spätmittelalterlichen französischen Dichter François Villon (1431–1463) und den in Bombay (Indien) geborenen britischen Schriftsteller Rudyard Kipling (1865–1936), der 1907 den Literaturnobelpreis erhalten hatte und heute vor allem als der Autor des *Dschungelbuchs* (zwei Bände, 1894 und 1895) bekannt ist. Villon faszinierte Brecht aufgrund seines unsteten Lebens, seiner trotz akademischer Abschlüsse halbkriminellen Existenz am Rande der Gesellschaft, seiner derben und diesseitigen Dichtung. Schon 1918 schrieb er ein Gedicht *Vom François Villon* und plante ein Stück über Villon, der »im XV. Jahrhundert in der Bretagne Mörder, Straßenräuber und Balladendichter war« (GBA, Band 28, S. 45); in seinem dramatischen Erstling *Baal* steht dann ein Dichter im Zentrum, der in manchen Zügen an Villon erinnert.

Kiplings Lyrik gefiel Brecht vor allem wegen ihrer Konkretheit und Direktheit und ihres umgangssprachlichen Tons.

In den Gedichten der *Hauspostille* (1927), die in der Mehrheit bereits zwischen 1917 und 1922 entstanden waren, sind die Einflüsse beider Vorbilder deutlich spürbar. Einige Songs der *Dreigroschenoper* gehen unmittelbar auf die Villon-Übersetzungen des österreichischen Offiziers Karl Anton Klammer (1879–1959) zurück, der unter dem Pseudonym K. L. Ammer 1907 (2. Auflage 1918) *Des Meisters Werke* veröffentlicht hatte: Die »Ballade, in der Macheath jedermann Abbitte leistet« (S. 94–96), beruht auf zwei Balladen Villons (was auch den Perspektivwechsel vom »wir« zum »ich« erklärt); Villon-Übernahmen enthalten auch der »Barbara-Song« (Pollys Lied, S. 35–37), die »Ballade von der sexuellen Hörigkeit« (S. 51 f.) und die einzelne Strophe »Hier hängt Macheath [...]« (S. 92). Oft wird darauf hingewiesen, dass Brecht in vielen Fällen seine Vorlage entscheidend verbessert habe, so etwa in der

»Ballade vom angenehmen Leben«, wo es bei Villon/Ammer heißt »Nur wer im Wohlstand schwelgt, lebt angenehm«, während der Vers bei Brecht, allgemeingültiger und prägnanter, laute: »Nur wer im Wohlstand lebt, lebt angenehm« (S. 59 f.). Solche Verbesserungen hielten Alfred Kerr, den einflussreichsten – und ebenso selbstherrlichen wie Brecht-kritischen – Theaterkritiker der Zeit, nicht davon ab, acht Monate nach der Uraufführung der *Dreigroschenoper* im *Berliner Tageblatt* den Vorwurf des Plagiats zu erheben (»Nur wer von Fremden lebt, lebt angenehm«, 3. Mai 1929). Brecht versuchte zunächst, den Vorwurf lässig an sich abprallen zu lassen, indem er sich in einer öffentlichen Reaktion zu seiner »grundsätzlichen Laxheit in Fragen geistigen Eigentums« bekannte (GBA, Band 21, S. 316). Doch die Presse ließ ihn nicht so leichten Kaufs davonkommen. Viele Zeitungen griffen die Angelegenheit auf, namhafte Journalisten wie Kurt Tucholsky sparten nicht mit spöttischen Kommentaren. Klammer selbst kam angesichts des ungeheuren Erfolgs der *Dreigroschenoper* auf die naheliegende Idee, dass hier etwas zu holen sei, und erkundigte sich in einem Brief an den Präsidenten des Klubs ehemaliger Offiziere des einstigen Habsburger Reiches, Baron Seiller, wie er sich gegenüber dem » ›als Mordbolschewiken bekannten Bert Brecht‹ « verhalten solle (zitiert nach Fuegi, S. 321). Der Baron scheint ihm geraten zu haben, sich mit einer Geldforderung an den Verlag Felix Bloch Erben zu wenden. Der Verlag wiederum empfahl Brecht, da Klammer einen Plagiatsprozess mit Sicherheit gewinnen werde, einen außergerichtlichen Vergleich zu schließen und weitere öffentliche Aufmerksamkeit zu vermeiden. So geschah es und Brecht trat Klammer 2,5 Prozent seiner *Dreigroschenoper*-Tantiemen ab, was Brechts Anteil auf 60 Prozent reduzierte (vgl. S. 30 dieses Bands).

Von Kipling ließ sich Brecht zu einer Reihe von Songs anregen, die aber während der Proben für die Uraufführung größtenteils wieder gestrichen wurden. So beruht letztlich nur der »Kanonen-Song«, der allerdings bei der Premiere viel dazu beitrug, das Publikum zu gewinnen, auf Kipling-Material: Brecht griff hier auf sein eigenes »Lied der drei Soldaten« zurück, das Kiplings »Soldiers Three« zur Grundlage hat.

Erwin Piscators ›Politisches Theater‹

Auch dem Theaterregisseur Erwin Piscator (1893–1966) verdankte der ›Stückeschreiber‹ und Theatermacher Brecht wichtige Anregungen. Brecht hat das gewürdigt, indem er Piscator als den einzigen fähigen zeitgenössischen Dramatiker außer ihm selbst bezeichnete (vgl. GBA, Band 22.2, S. 763).

Piscators Lebensweg und seine künstlerische Laufbahn weisen einige Parallelen zu Brechts Leben und Schaffen auf. Er stammte aus Ulm, hatte wie Brecht in München studiert und Mitte 1920 den Weg nach Berlin gefunden, wo er als Regisseur für das neu gegründete ›Proletarische Theater‹ arbeitete, das aber schon im April 1921 polizeilich verboten wurde. Einen Namen machte er sich ab 1924 an der ›Berliner Volksbühne‹, doch geriet er mit seinen politisch-agitatorischen Inszenierungen bald in Konflikt mit dem Bühnenvorstand, sodass es 1927 zur Trennung kam. Im selben Jahr eröffnete er im Theater am Nollendorfplatz die ›Piscator-Bühne‹, die durch den Berliner Großindustriellen Ludwig Katzenellenbogen finanziert wurde. Piscator bemühte sich um Brecht als Mitarbeiter, der ihm Anfang August 1927 auch eine unverbindliche Zusage gab. In der Folgezeit scheiterten aber alle konkreten Versuche, ein gemeinsames Projekt zu realisieren. Piscator ›episierte‹ die von ihm inszenierten Stücke, indem er die Bühnenhandlung ausweitete und ihre politisch-gesellschaftlichen Hintergründe ausleuchtete; und er löste die geschlossene Dramenhandlung in revueartige Einzelnummern auf. Mithilfe von Fotomaterial und Filmprojektionen bettete er die szenische Handlung in ein historisch-dokumentarisches Panorama ein. Die Produktionen der Piscator-Bühne waren immer das Resultat eines kollektiven Arbeitsprozesses. Für die weitere Entwicklung des Theaters war die Piscator-Bühne ein Meilenstein. Finanziell erwies sie sich allerdings als nicht tragfähig. So war bereits nach einem Jahr Schluss. Auch ein zweiter Anlauf ab 1929 war nicht erfolgreicher. 1931 ging Piscator in die Sowjetunion, später nach Frankreich und in die USA. 1951 kehrte er nach Deutschland zurück. Während seiner letzten Lebensjahre wirkte er als Intendant der West-Berliner ›Freien Volksbühne‹. Der politischen Ausrichtung seiner Arbeit blieb er treu: Wichtige späte Inszenierungen waren die Uraufführungen von Rolf Hochhuths *Der Stellvertreter* (1963), Heinar Kipphardts *In der Sache J. Robert Oppenheimer* (1964) und der *Ermittlung* von Peter Weiss (1965).

Neue Sachlichkeit

Die Literatur der zweiten Hälfte der Zwanzigerjahre wird häufig als Literatur der Neuen Sachlichkeit etikettiert. Die Bezeichnung kam 1925 auf, als der Leiter der Städtischen Kunsthalle Mannheim, Gustav F. Hartlaub, zeitgenössische neorealistische Bilder in einer Ausstellung präsentierte, der er den Titel *Neue Sachlichkeit. Deutsche Malerei seit dem Expressionismus* gab. Unter diesem Schlagwort wurde in den Folgejahren auch eine Literatur propagiert, die sich bildungsfernen Schichten sowie stofflich dem Leben der Arbeiter und Angestellten der Industriegesellschaft zuwandte. Dies setzte eine veränderte Wahrnehmung voraus. Brecht schrieb: »Der große praktische Anschauungsunterricht für das neue Sehen der Dinge war der Krieg« (zitiert nach: Borchmeyer/Žmegač, S. 275). In den ersten Nachkriegsjahren war entsprechend bereits viel von einem ›neuen Realismus‹ oder einem ›neuen Naturalismus‹ die Rede gewesen. Dem übersteigerten Pathos des Expressionismus wurde eine entsubjektivierte Perspektive und kühle Haltung entgegengesetzt. Die weihevolle Aura, die Kunst im Laufe des 19. Jahrhunderts als Religionsersatz erworben hatte, wurde als bürgerliche Ideologie abgelehnt. Brecht äußerte sich abfällig über den »Schönheitswert« der Kunst und betonte stattdessen ihren »Gebrauchswert« (ebenda, S. 279). Modernität wurde ein wichtiger Wertmaßstab. Das in den Augen des Bildungsbürgers Unpoetische wurde kunstfähig. Andächtiges Staunen war verpönt, lässiges Genießen und kritisches Abschätzen das Gebot der Stunde.

Die Neue Sachlichkeit war, wie sich denken lässt, vor allem ein Großstadtphänomen. Berlin, wo eine gewisse schnoddrige Respektlosigkeit ohnehin zu Hause war, spielte auch hier eine Vorreiterrolle. Politik war überall. Parteinahme im Kampf der konkurrierenden Gesellschaftsmodelle und Weltanschauungen wurde fast zur Pflicht des Intellektuellen. Kunst diente daher immer auch dem Versuch der politischen Beeinflussung des Rezipienten. Insgesamt ging es den Vertretern der Neuen Sachlichkeit darum, »politische, wirtschaftliche und gesellschaftliche Phänomene von hoher Aktualität in einer *operativen Literatur* aufzugreifen, durch neue Möglichkeiten künstlerischer Gestaltung auffällig zu machen, um dem Rezipienten neue Einsichten zu ermöglichen« (Dieter Mayer: Neue Sachlichkeit. In: Borchmeyer/Žmegač, S. 281).

Die Nähe Brechts zu einem solchen Konzept der literarischen Praxis ist offensichtlich. Jedoch widerstrebte es ihm, überhaupt einer literarischen Strömung zugerechnet zu werden. Also setzte er sich ab, und zwar mit den gängigen Argumenten der linksgerichteten Intellektuellen, die der Neuen Sachlichkeit vorhielten, ihre nur scheinbare Modernität wirke sich letztlich systemstabilisierend aus. Brecht kann somit nur gegen seinen eigenen Willen als Vertreter der Neuen Sachlichkeit betrachtet werden.

VI Rezeption

Der Sensationserfolg des Stücks und der Musik

Während das Berliner Theaterpublikum *Die Dreigroschenoper* vom Fleck weg liebte, fand die Uraufführung in der Kritik ein geteiltes Echo. In der einhelligen Ablehnung des Stücks durch die konservative und nationalistische Presse spiegeln sich die verhärteten ideologischen Frontstellungen der Spätjahre der Weimarer Republik. Die bürgerlich-liberalen und politisch linken Zeitungen äußerten sich differenzierter. Kurt Weills Musik wurde durchgehend gelobt, Brechts Text oft als die Nebenarbeit eingestuft, die er ja im Grund auch gewesen war. Monty Jacobs schrieb am 3. September 1928 in der *Vossischen Zeitung*, Brecht habe großen Erfolg »mit der Bearbeitung einer fremden Vorlage gefunden, mit einem Werk also, an das er gewiß nicht den vollen Einsatz seines Ehrgeizes gewandt« habe. »Aber gerade in dieser Arbeit« sei »Brechts bestes Teil zu spüren: der Lyriker, der Bänkelsänger, der Balladenschöpfer« (zitiert nach: SBB, S. 141).

Die Songs aus der *Dreigroschenoper* wurden schnell ungeheuer populär. Eine theatergeschichtliche Parallele bietet vielleicht nur die begeisterte Aufnahme von Mozarts Oper *Le*

[...] ich sah aber mit ganzem Vergnügen zu, wie alle diese Leute auf die Musik meines *Figaro*, in lauter Contretänze und Teutsche verwandelt, so innig vergnügt herumsprangen; denn hier wird von nichts gesprochen als von – Figaro, nichts gespielt, geblasen, gesungen und gepfiffen als – *Figaro*; keine Oper besucht als Figaro, und ewig Figaro; gewiß große Ehre für mich.

Brief Wolfgang Amadeus Mozarts aus Prag vom 15. Januar 1787 an den Wiener Bekannten Gottfried Freiherr von Jacquin.

---

nozze di Figaro (1786) nach ihrer Prager Erstaufführung. Der Vergleich zeigt aber auch die Wandlung der Rezeptionsbedingungen im anbrechenden Zeitalter der Massenmedien. Zwar spielten auch 1928 Bearbeitungen für das häusliche Musizieren oder Aufführungsmöglichkeiten außerhalb des Theaters noch eine erhebliche Rolle: Kurt Weills Verlag, die Wiener Universal Edition, brachte die Songs in Einzelausgaben für Gesang und Klavier sowie in anderen Bearbeitungen heraus, schob Anfang 1929 Arrangements für Jazz- und Salonorchesterbesetzungen nach und veröffentlichte 1930 sogar ein Heft von sieben Stücken für Violine und Klavier. Auch der Berliner Ullstein Verlag ließ 1929 in seiner erfolgreichen Reihe *Musik für alle* (»Notensammlung zur Pflege guter Hausmusik«) als 274. Heft eine Auswahl aus der *Dreigroschenoper* erscheinen, die Auszüge aus der Ouvertüre, acht Songs und die Finales der beiden ersten Akte umfasste. Kurt Weill selbst arrangierte Ende 1928 eine Orchestersuite, die *Kleine Dreigroschenmusik für Blasorchester*, die am 7. Februar 1929 uraufgeführt wurde; Otto Klemperer dirigierte das Orchester der Berliner Staatsoper. Wichtiger für das sich immer stärker ausbreitende ›Dreigroschenfieber‹ wurde aber die Schallplatte. Zwischen 1929 und 1931 brachten »elf verschiedene Schallplattenfirmen insgesamt 21 Platten mit *Dreigroschenoper*-Musik auf den Markt« (GBA, Band 2, S. 439). Zu den interessantesten dieser Tondokumente gehören die auch heute noch greifbaren Aufnahmen der »Moritat von Mackie Messer« und des »Lied[s] von der Unzulänglichkeit menschlichen Strebens«, die Brecht mit seiner scharfen Stimme im Mai 1929 für eine Produktion des Labels Orchestrola sang. Für die Platte *Aus der 3-Groschenoper* der Ultraphon/Telefunken, die am 7. Dezember 1930 mit Lotte Lenya (als Polly, Jenny, Lucy) und anderen *Dreigroschenoper*-Stars aufgenommen wurde, schrieb Brecht verbindende Zwischentexte, die von Kurt Gerron gesprochen wurden.

Valeska Gert (Frau Peachum), Carola Neher (Polly) und Rudolf Forster (Macheath) in der Verfilmung von G. W. Pabst (1931).

Während der Spielzeit 1928/29 lief im Theater am Schiffbauerdamm nur *Die Dreigroschenoper.* Aber auch außerhalb Berlins und Deutschlands machte das Stück schnell Furore. Bis Anfang 1933 gingen in ganz Europa über 10 000 Vorstellungen des Stücks, das inzwischen in 18 Sprachen übersetzt war, über die Bühne (Angaben nach GBA, Band 2, S. 442). Brecht konnte sich vorübergehend als ›gemachter Mann‹ fühlen. Er kaufte sich ein Haus und ein neues Auto.

Die erste Verfilmung der »Dreigroschenoper«

Skandale sorgten dafür, dass das Interesse an der *Dreigroschenoper* nicht erlahmte. Im Frühsommer 1929 kam es zu der ›Plagiatsaffäre‹ (vgl. S. 109 dieses Bands), im Herbst 1930 zu einer gerichtlichen Auseinandersetzung mit der Nero-Filmgesellschaft, die Brecht wenige Monate zuvor den Vorschlag gemacht hatte, sein Erfolgsstück zu verfilmen. Brecht sollte ein Treatment (eine Handlungsskizze) verfassen, auf dessen

Grundlage Leo Lania (1896–1961) das Drehbuch ausarbeiten würde. Beide kannten sich von der ›Piscator-Bühne‹ her, wo Lania Mitglied des dramaturgischen Kollektivs gewesen war. Kurt Weill hatte die Bühnenmusik für Lanias im April 1928 an der ›Piscator-Bühne‹ uraufgeführte Wirtschaftskomödie *Konjunktur* komponiert.

Brecht unterschrieb am 3. August einen Vertrag, legte dann aber einen Entwurf vor, der gar nicht den Vorstellungen der Filmgesellschaft entsprach. Diese wollte eine möglichst originalgetreue Verfilmung, um dem Kinopublikum zu geben, was es bereits im Theater geliebt hatte. Brecht dagegen, dem die Anerkennung des gesellschaftskritischen Gehalts seines Erfolgsstücks immer wichtiger wurde, bestand darauf, dass ein neues Medium eine neue Herangehensweise an den Stoff erfordere. Ihm ging es darum, das »Attentat auf die bürgerliche Ideologie« (GBA, Band 21, S. 485), als das er sein Stück verstanden wissen wollte, mit den Möglichkeiten des Films fortzusetzen. Zudem gab es Streit zwischen ihm und Leo Lania. Die Filmgesellschaft machte Brecht daraufhin den Vorschlag, seinen Anspruch auf Entwicklung des Drehbuchs gegen eine Abfindung aufzugeben. Bereits am 23. August folgte die offizielle Kündigung der Zusammenarbeit mit Brecht und Lania. Der seit 1926 in Berlin ansässige ungarische Filmtheoretiker und Drehbuchautor Béla Balázs (1884–1949) wurde zum neuen Drehbuchautor bestimmt, Brecht wurde weiterhin eine finanzielle Entschädigung angeboten.

Brecht entschloss sich jedoch, die Sache grundsätzlich zu betrachten und öffentlich auszufechten. Er verfasste auf der Grundlage der bisherigen Entwürfe im September ein Filmexposé mit dem Titel »Die Beule. Ein Dreigroschenfilm« und reichte am 30. September zusammen mit Kurt Weill beim Berliner Landgericht Klage gegen die Nero-Film A. G. ein, um ein Verbot der geplanten Produktion durchzusetzen.

Brechts zehnseitiges Treatment (im großformatigen *Dreigroschenbuch* des Suhrkamp Verlags) rückt die Handlung noch ein bisschen näher an die Gegenwart heran – das Theaterstück ist vage im späten 19. Jahrhundert angesiedelt, das Film-Treatment spielt »um 1900« (*Dreigroschenbuch*, S. 72) – und verleiht dem Konflikt zwischen Macheath und Peachum einen Zug ins Große: Dieser ist nun Inhaber des »J. J. Peachumschen Bettlertrusts« (ebenda, S. 73), jenem verhilft seine Frau Polly zur »Übernahme der National Deposit Bank auf legalem Wege [...]. Begründung: die neue Zeit« (ebenda, S. 76). Demgegenüber wirkt der äußere Anlass der Auseinandersetzungen, in die wie im Theaterstück auch die Polizei hineingezogen wird, betont geringfügig: Ein Mitglied von Peachums Bettlertrust hat drei Leute von Macheath dabei beobachtet, wie sie für die repräsentative Ausstattung der »Reithalle des Herzogs von Somersetshire«, in der Macheath seine Hochzeit mit Polly Peachum feiert – auf der Feier werden unter anderem der »Oberrichter von Drury Lane«, ein General und »zwei Mitglieder des Oberhauses« gesichtet (ebenda, S. 73) –, eine Standuhr zu stehlen versuchten. Er hat den Diebstahl erfolgreich verhindert, indem er die Polizei verständigte, sich dabei jedoch »eine ungeheure Beule« eingehandelt. Herr Peachum ist zunächst erbost über die Dummheit des Mannes, der ihm »die Macheathbande auf den Hals« hetzt, und »haut ihm ins Gesicht«. Als er aber erfährt, dass Macheath seine Tochter verführt und geheiratet hat, sieht er die Sache in einem anderen Licht. Nun »weiß er [...], daß es hier nur Kampf bis aufs Messer gibt«. Er beschließt, aus dem Mann mit der Beule, Sam, ein Wahrzeichen »des öffentlichen Unrechts« zu machen (ebenda, S. 74). Als Druckmittel dient ihm wiederum die unübersehbare Masse der Elenden, die den Polizeipräsidenten bis in den Traum hinein verfolgen: »[...] in breiter Welle, quer durch die Polizisten durch marschiert das Elend auf die schlummernde Stadt zu, durch rollende Tanks [Panzer], durch Drahtverhaue durch, lautlos und schweigend durch das Haltbrüllen der Polizei und das Knattern der Maschinengewehre […]« (ebenda, S. 79 f.). Zuletzt aber bekommt es Frau Peachum angesichts dieser schweigenden bedrohlichen Masse, die ihr Mann mobilisiert hat, selbst mit der Angst zu tun: »Man wird Herrn Macheath hängen, den Polizeipräsidenten lynchen, die Königin, Gott weiß was, wird man uns da schonen? Was wird sein, wenn sie kommen, Jonathan?« (Ebenda, S. 79) Diese Bedenken stimmen auch ihren Mann um; und so kommt er dem Polizeipräsidenten, der nach Old Bailey rast, um »seinen Freund Macheath zu opfern«, »auf halbem Wege« entgegen, um »seinen Freund Sam auszuliefern«, den Mann mit der (zwischenzeitlich von ihm, Peachum, erneuerten) Beule. Beide »haben erkannt: sie haben den gleichen Feind – die wartenden Leute an der St.-Georges-Brücke« (ebenda, S. 80). Macheath wird, auch auf Druck der Londoner Bankenwelt, aus der Todeszelle entlassen, deren neuer Insasse nun Sam ist.

Diese stoffliche Vorlage war für die Produktionsfirma, die einen gefälligen, kommerziell erfolgreichen Unterhaltungsfilm machen wollte, natürlich nicht akzeptabel gewesen. Hinzu kam, dass Brecht in gewohnt selbstbewusster Weise seine ästhetischen Überzeugungen verfocht. So erklärte er: »Es besteht beim Tonfilm die Unsitte, prinzipiell auf Titel zu verzichten.« Gerade diese Zwischentitel zwischen den einzelnen Sequenzen gewährleisteten aber, »indem sie den Film in Kapitel einteilen, den epischen Fluß. Sie wegzulassen, wäre idiotisch.« (Ebenda, S. 71, Fußnote 1)

Das Berliner Landgericht wies die Klage Brechts und Weills ab, woraufhin die Kläger in Berufung gingen. Kurz vor der Berufungsverhandlung kam es am 19. November zu einem Vergleich der streitenden Parteien. Brecht verzichtete gegen eine Zahlung von 25 000 Reichsmark auf seine Ansprüche.

Schon am 19. Februar 1931 feierte der von dem österreichischen Regisseur Georg Wilhelm Pabst (1885–1967) inszenierte Film *Die 3 Groschen Oper* seine Premiere. Zur Besetzung gehörten, ungeachtet der vorausgegangenen gerichtlichen Auseinandersetzung, nicht nur Brechts alte Freundin Carola Neher, sondern auch Weills Ehefrau Lotte Lenya (vgl. die Abbildungen auf S. 59 und 115 dieses Bands). Am 8. Juni wurde eine vom selben Produktionsteam mit anderen Schauspielern parallel gedrehte französische Filmfassung uraufgeführt.

Brecht, der aufgrund der hohen Entschädigung, die er eingestrichen hatte, in der Öffentlichkeit in einem etwas zweifelhaften Licht dastand, nahm zunächst in zwei kurzen Beiträgen zu der Angelegenheit Stellung, bevor er dann noch einmal ausholte und, als seine »einzige große abgeschlossene kunsttheoretische Schrift der 20er-Jahre« (BHB 4, S. 134), die 65-seitige Abhandlung *Der Dreigroschenprozeß – Ein soziologisches Experiment* verfasste, die er im Januar 1932 zusammen mit dem Exposé *Die Beule. Ein Dreigroschenfilm*, einer neuen Textfassung der *Dreigroschenoper* (welche die Brecht-Forschung als die maßgebliche betrachtet und die auch diesem Band zugrunde liegt) sowie den *Anmerkungen zur Dreigroschenoper* im Heft 3 seiner bei Kiepenheuer erscheinenden *Versuche* veröffentlichte. Die polemisch-satirische Abhandlung, halb Rechtfertigungsschrift und halb Generalangriff auf die Institutionen und herrschenden Machtstrukturen im Kulturbetrieb, rief aber kein großes Interesse mehr hervor.

Rezeptionsgeschichte des Stücks nach 1933

Ende Februar 1933 floh Brecht mit seiner Familie aus Deutschland, wo er nach der Machtübernahme durch die Nationalsozialisten nicht mehr sicher war. Am 10. Mai wurden bei den Bücherverbrennungen in 22 deutschen Universitätsstädten auch die Schriften Brechts geächtet und vernichtet. Seine

Werke wurden mit einem generellen Verbot belegt. Wie so viele deutsche Schriftsteller war Brecht mit einem Mal von seinem Publikum abgeschnitten. Die materiellen Folgen trafen ihn besonders hart: zum einen, weil er durch die *Dreigroschenoper* in den Jahren zuvor so hohe Einnahmen erzielt hatte, zum anderen, weil er als Bühnenautor und Lyriker nicht – wie viele Romanciers – über eine Leserschaft auch jenseits des deutschen Sprachraums verfügte. In dieser Situation machte sich Brecht ab Mai 1933 daran, seinen ersten Roman zu schreiben, der auch sein einziger vollendeter bleiben sollte. Dabei griff er wiederum auf sein Erfolgsstück zurück. Der Anfang des 20. Jahrhunderts spielende, in enger Zusammenarbeit mit Margarete Steffin entstandene *Dreigroschenroman* führt die aus den anderen Texten des ›Dreigroschenkomplexes‹ bekannte Parallele zwischen Bürger und Verbrecher anhand eines erweiterten Personals und gesellschaftlichen Panoramas weiter aus. Er erschien im November 1934 im Amsterdamer Verlag Allert de Lange und verhalf Brecht während der ersten Exiljahre zu wichtigen Einnahmen, hat aber nach 1945 in beiden deutschen Staaten nie eine große Leserschaft gefunden. Obwohl die Brecht-Forschung sich Mühe gegeben hat, die Erzählweise des Romans in ihrer spezifischen Modernität zu würdigen, gelingt es weder der komplizierten Handlung noch den eindimensionalen Figuren, das Interesse des Lesers anhaltend zu fesseln.

Die ersten Jahre des Exils verbrachte Brecht in Dänemark (Juni 1933 bis April 1939), Schweden (bis April 1940) und Finnland (bis Mai 1941), von wo er über Russland und das Pazifische Meer weiter in die USA flüchtete. Dort lebte er die folgenden Jahre in der Kolonie deutscher Exilanten bei Los Angeles, bevor er dem Gastland, das in der Frühzeit des Kalten Kriegs eine Phase antikommunistischer Hysterie durchmachte, im Herbst 1947 den Rücken kehrte. In den Vereinigten Staaten hat er sich nie wohlgefühlt und als Künstler kaum Aufmerksamkeit erhalten. Wiederholte Versuche, die *Dreigroschenoper* auf amerikanischen Bühnen zu lancieren, scheiterten. Erst 1954, sechseinhalb Jahre nach Brechts Weggang und zwei Jahre vor seinem Tod, erlebte das Stück seinen Durchbruch in Amerika. In der Übersetzung des amerikanischen Komponisten Marc Blitzstein (1905–1964) feierte die *Threepenny Opera* mit Lotte Lenya als Jenny am 10. März im New Yorker ›Theatre de Lys‹ Premiere und wurde ein rauschender Erfolg. Das Stück wurde mehr als sieben Jahre in ununterbrochener Folge gegeben und kam auf 2611 Vorstellungen.

Im Nachkriegsdeutschland stand die *Dreigroschenoper* schnell wieder auf dem Spielplan. Bereits am 15. August 1945, gut drei Monate nach der deutschen Kapitulation, ging am Berliner Hebbel-Theater die erste Vorstellung über die Bühne. Andere Theater folgten. Brecht, noch in den USA, fertigte für diese Produktionen neue Songtexte an, die 1949 unter dem Titel *Songs aus der Dreigroschenoper* gedruckt wurden, aber keine Verwendung fanden. Auch nahm Brecht manche kleinere Änderungen im Text vor. Harry Buckwitz legte diese leicht veränderte Fassung seiner Inszenierung von 1949 an den Münchner Kammerspielen mit Hans Albers in der Titelrolle zugrunde. Weitere wichtige Produktionen der Nachkriegszeit, die in der Forschung breit gewürdigt worden sind, waren Georgio Strehlers Mailänder Inszenierung, deren Premiere am 10. Februar 1956 Brecht ein halbes Jahr vor seinem Tod miterlebte und die er in einem Dankesbrief an das Piccolo Teatro Milano vom 27. Februar als »echte Wiedergeburt« seines Werks pries, sowie die Neuinszenierung des Stücks durch Erich Engel, den Regisseur der Uraufführung, am 23. April 1960 am Theater am Schiffbauerdamm in Ostberlin. In der DDR wurde das Stück von den Kulturbehörden und den durch sie kontrollierten Feuilletons humorlos als in seiner

Kapitalismuskritik zwar prinzipiell verdienstvoll, aber doch unzureichend abqualifiziert. In der Bundesrepublik avancierte die *Dreigroschenoper* zum modernen Klassiker, wie es am 8. Oktober 1958 in der *Frankfurter Allgemeinen Zeitung* hieß, »was noch dadurch verstärkt« werde, »dass jedermann die Songs der ersten Besetzung als Schallplattenkonserven zu Haus im Plattenschrank hat«. Die »klassisch gewordene Dreigroschenoper« könne man »eigentlich nur nachspielen«, sie eigne sich kaum »zur neuen Interpretation, jedenfalls nicht, solange diese westliche Gesellschaft an der Übereinkunft« festhalte, »sich selbst intakt zu finden,« und »andrerseits den Mangel an Konvention, der 1928 noch schockierte, längst in ihr Weltbild einbezogen« habe (zitiert nach Wöhrle, S. 80). In den Sechzigerjahren bröckelte dann dieser selbstgefällige Konsens und die *Dreigroschenoper* wurde in der Tradition des politischen Theaters von Erwin Piscator mit Bezugnahmen auf Vietnamkrieg und Studentenrevolte aktualisiert. Die Inszenierungen der folgenden Jahrzehnte setzten, dem jeweiligen Zeitgeist entsprechend, wieder andere Akzente. Gespielt aber wird *Die Dreigroschenoper* bis heute immer wieder.

Wolfgang Staudtes Verfilmung der *Dreigroschenoper* von 1962 (Filmlänge: 124 Minuten) war wiederum kommerziell kalkuliert und setzte auf die Anziehungskraft großer Stars: Curd Jürgens als Macheath, Hildegard Knef als Spelunken-Jenny, Gert Fröbe als Peachum (vgl. S. 71 dieses Bands), Lino Ventura als Brown und Sammy Davis Jr. als Moritatensänger. Ende 1989 kam der Film *Mack the Knife* (120 Minuten) des israelischen Filmregisseurs Menahem Golan mit dem Leadsänger der britischen Popgruppe ›The Who‹ Roger Daltrey als Moritatensänger in die Kinos. Auf der Theaterbühne haben Sänger wie Sting und Campino von den ›Toten Hosen‹ den Macheath verkörpert (vgl. das Covermotiv dieses Bands).

Auswahlbibliographie

Ausgaben

Brecht, Bertolt: Die Dreigroschenoper. Nach John Gays »The Beggar's Opera«. Mitarbeiter: E. Hauptmann, K. Weill. Berlin: Suhrkamp Verlag 1968. 43. Auflage 2012 (edition suhrkamp 229). Nach dieser Ausgabe wird zitiert.

Brecht, Bertolt: Die Dreigroschenoper. Der Erstdruck 1928. Kommentiert von Joachim Lucchesi. 6. Auflage. Berlin: Suhrkamp Verlag 2012 (Suhrkamp BasisBibliothek 48) (zitiert als: SBB).

Brecht, Bertolt: Werke. Große kommentierte Berliner und Frankfurter Ausgabe. 30 Bände in 32 Teilen und Registerband. Herausgegeben von Werner Hecht, Jan Knopf, Werner Mittenzwei und Klaus-Detlef Müller. Berlin und Weimar sowie Frankfurt am Main: Aufbau-Verlag und Suhrkamp Verlag 1988 bis 1998 (zitiert als: GBA).

Bertolt Brechts Dreigroschenbuch. Texte, Materialien, Dokumente. Herausgegeben von Siegfried Unseld. Frankfurt am Main: Suhrkamp Verlag 1960 (zitiert als: *Dreigroschenbuch*).

Handbuch

Knopf, Jan (Hrsg.): Brecht-Handbuch, in fünf Bänden. Band 1: Stücke (2001). Band 2: Gedichte (2001). Band 3: Prosa, Filme, Drehbücher (2002). Band 4: Schriften, Journale, Briefe (2003). Band 5: Register, Chronik, Materialien (2003). Stuttgart und Weimar: Verlag J. B. Metzler 2001–2003 (zitiert als: BHB).

Zu Brechts Leben und Werk

Fuegi, John: Brecht & Co. Biographie. Autorisierte erweiterte und berichtigte deutsche Fassung von Sebastian Wohlfeil. Hamburg: Europäische Verlagsanstalt 1997; als Taschenbuch: Berlin: Ullstein Verlag 1999 (zitiert als: Fuegi).

HECHT, WERNER (Hrsg.): Brecht. Sein Leben in Bildern und Texten. Mit einem Vorwort von MAX FRISCH. Frankfurt am Main: Suhrkamp Verlag 1978; sowie: Frankfurt am Main: Insel Verlag 1988 (zitiert als: Hecht 1978).

HECHT, WERNER: Brecht Chronik. Frankfurt am Main: Suhrkamp Verlag 1997 (zitiert als: *Chronik*).

KITTSTEIN, ULRICH: Bertolt Brecht. Paderborn: Wilhelm Fink Verlag 2008 (UTB 3030 in der Reihe UTB Profile).

KNOPF, JAN: Bertolt Brecht. Leben Werk Wirkung. Frankfurt am Main: Suhrkamp Verlag 2006 (Suhrkamp BasisBiographie 16) (zitiert als: Knopf 2006).

KNOPF, JAN: Bertolt Brecht. Lebenskunst in finsteren Zeiten. Biographie. München: Carl Hanser Verlag 2012.

VÖLKER, KLAUS: Bertolt Brecht. Eine Biographie. München: Carl Hanser Verlag 1976 (zitiert als: Völker).

Zur »Dreigroschenoper«

BORCHMEYER, DIETER, und VIKTOR ŽMEGAČ (Hrsg.): Moderne Literatur in Grundbegriffen. Frankfurt am Main: Athenäum Verlag 1987 (zitiert als: Borchmeyer/Žmegač).

CLASEN, MERLE: »Wie hast du's mit der Religion?« Studien zu Bertolt Brecht, Kurt Weill und ihrer Dreigroschenoper. Dissertation an der Universität Kassel 2005. Online-Ressource.

GRIMM, REINHOLD: Die Erweiterung des Kontinents. Brechts »Dreigroschenoper« in Nigeria und der Türkei. Würzburg: Verlag Königshausen & Neumann 2007.

HECHT, WERNER (Hrsg.): Brechts Dreigroschenoper. Frankfurt am Main: Suhrkamp Verlag 1985 (suhrkamp taschenbuch materialien 2056) (zitiert als: stm).

KEBIR, SABINE: Ich fragte nicht nach meinem Anteil. Elisabeth Hauptmanns Arbeit mit Bertolt Brecht. Berlin: Aufbau-Verlag 1997.

LUCCHESI, JOACHIM, und RONALD K. SHULL: Musik bei Brecht. Frankfurt am Main: Suhrkamp Verlag 1988.

PIETZCKER, CARL: Brechts Seeräuber-Jenny. In: WOLFRAM MAUSER (Hrsg.): Phantasie und Deutung: Psychologisches Verstehen von Literatur und Film. FREDERICK WYATT zum 75. Geburtstag. Würzburg: Verlag Königshausen & Neumann 1986, S. 224–238 (zitiert als: Pietzcker).

SCHEBERA, JÜRGEN: Kurt Weill 1900–1950. Eine Biographie in Texten, Bildern und Dokumenten. Mainz: Schott Verlag 1990.

SCHEBERA, JÜRGEN: Kurt Weill. Reinbek bei Hamburg: Rowohlt Taschenbuch Verlag 2000 (rowohlts monographien 50453).

VÖLKER, KLAUS (Mitarbeit: HANS-JÜRGEN PULLEM): Brecht – Kommentar zum dramatischen Werk. München: Winkler Verlag 1983.

WÖHRLE, DIETER: Bertolt Brecht: Die Dreigroschenoper. Grundlagen und Gedanken. Frankfurt am Main: Verlag Moritz Diesterweg 1996 (zitiert als: Wöhrle).

WYSS, MONIKA (Hrsg.): Brecht in der Kritik: Rezensionen aller Brecht-Uraufführungen sowie ausgewählter deutsch- und fremdsprachiger Premieren; eine Dokumentation. München: Kindler Verlag 1977.

Zum zeitgeschichtlichen Hintergrund

HAFFNER, SEBASTIAN: Geschichte eines Deutschen. Die Erinnerungen 1914–1933. München und Stuttgart: Deutsche Verlags-Anstalt 2000. Taschenbuchausgabe: München: Deutscher Taschenbuch Verlag 2002 (zitiert als: Haffner).

WEHLER, HANS-ULRICH: Deutsche Gesellschaftsgeschichte 1914 bis 1949. München: Verlag C. H. Beck 2003 (zitiert als: Wehler).

WINKLER, HEINRICH AUGUST: Weimar 1918–1933. Die Geschichte der ersten deutschen Demokratie. München: Verlag C. H. Beck 1993, 4., durchgesehene Auflage 2005.

Über den Autor

Hans-Georg Schede, geboren 1968, studierte in Freiburg Neuere Deutsche Literatur, Anglistik und Mediävistik und hat seither als Buchredakteur, Gymnasiallehrer und freier Autor gearbeitet.
Promotion über den Gegenwartsautor Gert Hofmann (1999).
Weitere Veröffentlichungen: Zahlreiche Bücher für Schule und Studium (unter anderem zu Werken von Goethe, Schiller, Kleist, Büchner, Fontane, Kafka, Thomas Mann, Faulkner, Harper Lee, Uwe Timm und Roddy Doyle), mehrere Unterrichtsmodelle (zu Kleist, Gert Hofmann und Charlotte Kerner), eine Biographie über *Die Brüder Grimm* (2004, erweiterte Neuausgabe 2009) sowie der Band *Heinrich von Kleist* (2008) in der Reihe »rowohlts monographien«.
Innerhalb der Reihe »Schroedel Interpretationen« hat Hans-Georg Schede die Bände zu *Johann Wolfgang von Goethe: Faust I* (47721), *Friedrich Schiller: Maria Stuart* (47700), *Heinrich von Kleist: Michael Kohlhaas* (47705), *Theodor Fontane: Effi Briest* (47707) und *Franz Kafka: Die Verwandlung* (47727) verfasst.

Bildquellenverzeichnis

Titelbild: Michael Kind als Tiger-Brown und Campino als Macheath am 8. August 2006 bei einer Probe zur »Dreigroschenoper« im Berliner Admiralspalast in der Regie von Klaus Maria Brandauer. Foto: © ullstein bild – XAMAX

S. 9: © Münchner Stadtmuseum, Sammlung Fotografie Konrad Reßler

S. 15 und 27: © ullstein bild – Zander & Labisch

S. 33: © ullstein bild – Imagno

S. 45, 71 und 115: © Cinetext Bildarchiv

S. 59: © ullstein bild – ullstein bild

S. 67: © Cinetext/OZ

S. 75: © Cinetext/TE

S. 83: © ullstein bild – TopFoto

S. 85: © Cinetext/Haeselich

S. 98: © ullstein bild – dpa

Textquellenverzeichnis

S. 52, 63 f., 106 und 107: Bertolt Brecht: Anmerkungen zur »Dreigroschenoper« (Auszüge). Aus: Bertolt Brecht, Werke. Große kommentierte Berliner und Frankfurter Ausgabe, Band 24: Schriften 4. © Bertolt-Brecht-Erben / Suhrkamp Verlag 1991.

S. 79 f.: Aus: Elias Canetti: Die Fackel im Ohr. Lebensgeschichte 1921 bis 1931. München und Wien: Carl Hanser Verlag 1980, S. 339 f.

S. 81: Aus: Jan Knopf: Brecht-Handbuch. Theater. Stuttgart: J. B. Metzlersche Verlagsbuchhandlung 1980, S. 63.

S. 85 und 87: Bertolt Brecht: Die Dreigroschenoper (Auszüge). Aus: Bertolt Brecht, Werke. Große kommentierte Berliner und Frankfurter Ausgabe, Band 2: Stücke 2. © Bertolt-Brecht-Erben / Suhrkamp Verlag 1988.

»Schroedel Interpretationen« (Auswahl)

Alfred Andersch: *Sansibar oder der letzte Grund* (47726)
Bertolt Brecht: *Der gute Mensch von Sezuan* (47739)
Bertolt Brecht: *Die Dreigroschenoper* (47738)
Bertolt Brecht: *Leben des Galilei* (47702)
Georg Büchner: *Dantons Tod* (47719)
Georg Büchner: *Woyzeck* (47708)
Friedrich Dürrenmatt: *Der Besuch der alten Dame* (47706)
Friedrich Dürrenmatt: *Die Physiker* (47712)
Theodor Fontane: *Effi Briest* (47707)
Theodor Fontane: *Irrungen Wirrungen* (47722)
Max Frisch: *Homo faber* (47718)
Johann Wolfgang von Goethe: *Die Leiden des jungen Werther* (47701)
Johann Wolfgang von Goethe: *Faust I* (47721)
Johann Wolfgang von Goethe: *Iphigenie auf Tauris* (47715)
Günter Grass: *Im Krebsgang* (47703)
Gerhart Hauptmann: *Vor Sonnenaufgang* (47733)
E. T. A. Hoffmann: *Der Sandmann* (47725)
Franz Kafka: *Der Process* (47730)
Franz Kafka: *Die Verwandlung* (47727)
Heinrich von Kleist: *Die Marquise von O…* (47734)
Heinrich von Kleist: *Michael Kohlhaas* (47705)
Heinrich von Kleist: *Prinz Friedrich von Homburg* (47713)
Wolfgang Koeppen: *Tauben im Gras* (47714)
Christian Kracht: *Faserland* (47729)
Gotthold Ephraim Lessing: *Emilia Galotti* (47724)
Gotthold Ephraim Lessing: *Nathan der Weise* (47732)
Thomas Mann: *Buddenbrooks* (47716)
Thomas Mann: *Der Tod in Venedig* (47728)
Thomas Mann: *Mario und der Zauberer* (47717)
Joseph Roth: *Hiob* (47731)
Friedrich Schiller: *Don Karlos* (47704)
Friedrich Schiller: *Kabale und Liebe* (47723)
Friedrich Schiller: *Maria Stuart* (47700)
Arthur Schnitzler: *Traumnovelle* (47711)
Sophokles: *Antigone* (47735)
Peter Stamm: *Agnes* (47720)

Siehe auch: http://www.schroedel.de/Interpretationen